Selma Lagerlöf

Der Fuhrmann des Todes

Roman

Übersetzt von Pauline Klaiber-Gottschau

Selma Lagerlöf: Der Fuhrmann des Todes. Roman

Übersetzt von Pauline Klaiber-Gottschau.

Körkarlen. Erstdruck: 1912. Hier in der Übersetzung von Pauline
Klaiber-Gottschau, München, Albert Langen, 1912.

Neuausgabe
Herausgegeben von Karl-Maria Guth
Berlin 2016

Umschlaggestaltung von Thomas Schultz-Overhage

Gesetzt aus der Minion Pro, 11 pt

Verlag: Henricus - Edition Deutsche Klassik GmbH
Mörchinger Str. 33, 14169 Berlin, info@henricus-verlag.de
Druck: Libri Plureos GmbH, Friedensallee 273, 22763 Hamburg

ISBN 978-3-8430-9289-0

Bibliografische Information der Deutschen Nationalbibliothek

Die Deutsche Nationalbibliothek verzeichnet diese Publikation in der
Deutschen Nationalbibliografie; detaillierte bibliografische Daten sind
im Internet über www.dnb.de abrufbar.

1.

Eine arme junge Heilsarmeeschwester lag im Sterben.

Ihre Tätigkeit hatte sie in die »slums«, die verrufenen Viertel der Stadt, geführt; dann hatte sie die galoppierende Schwindsucht bekommen, und jetzt nach einem Jahre ging es zu Ende. Solange wie irgend möglich war sie ihren gewohnten Pflichten nachgekommen, und als alle ihre Kräfte aufgebraucht waren, schickte man sie in ein Sanatorium. Dort hatte sie einige Monate gelegen und war gut gepflegt worden; aber es wurde nicht besser mit ihr, und als sie schließlich begriff, wie hoffnungslos krank sie war, verlangte sie nach Hause zu ihrer Mutter, die in einer der Vorstädte in einem eigenen Häuschen wohnte. Nun lag sie da in ihrem Stübchen, demselben Stübchen, das sie als Kind und als ganz junges Mädchen bewohnt hatte, und wartete auf den Tod.

Angstvoll und tiefbetrübt saß die Mutter an ihrem Bett; aber sie ging in all der Pflege, deren die Tochter bedurfte, so vollständig auf, daß sie keine Ruhe zum Weinen fand.

Eine andere Heilsarmeeschwester, die Arbeitsgefährtin der Kranken, stand am Fußende des Bettes und weinte ganz leise vor sich hin. Ihre Augen waren voll inniger Liebe auf das Gesicht der Sterbenden gerichtet; und wenn ihr die Tränen den Blick verdunkelten, wischte sie sie mit einer heftigen Bewegung ab.

Auf einem niederen unbequemen Stuhl, den die Kranke besonders lieb gehabt und den sie überall hin mitgenommen hatte, wo auch immer ihre Wohnstätte gewesen war, saß eine hochgewachsene Frau, auf deren Halskragen ein großes *H* gestickt war. Man hatte ihr einen anderen Sitzplatz angeboten; aber sie blieb eigensinnig auf dem schlechten Stühlchen sitzen, wie wenn sie das für eine Aufmerksamkeit gegen die Kranke hielte.

Der Tag, an dem unsere Erzählung beginnt, war nicht ein Tag wie alle anderen, sondern es war Silvesterabend. Draußen hing der Himmel schwer und grau herab, und so lange man im Zimmer war, meinte man, das Wetter sei unfreundlich und kalt. Wenn man aber hinauskam, fand man es überraschend warm und mild. Auf den Wegen lag kein Schnee, kahl und schwarz verloren sie sich in der Dunkelheit. Ganz vereinzelte Schneeflocken fielen sachte auf die Straße herab, wo sie sofort schmolzen. Es sah aus, als hänge der Himmel voller Schnee, der sich aber nicht recht losmachen könnte, ja es schien fast, als fänden es der Wind und der Schnee nicht der Mühe wert, sich im alten Jahre noch anzustrengen, und als wollten sie lieber ihre Kräfte für das neu heraufziehende Jahr sparen.

Und ungefähr ebenso war es bei den Menschen, auch sie schienen sich nichts mehr vornehmen zu wollen. Auf den Straßen war kein Getriebe und in den Häusern keine eifrige Arbeit im Gang. Gerade vor dem Häuschen, wo die Sterbende lag, war ein Platz, auf dem ein Haus gebaut werden sollte. Am Morgen waren ein paar Arbeiter dahergekommen und hatten den großen Rammbock unter den gewöhnlichen grellen Arbeitsrufen heraufgezogen und wieder hinunterfallen lassen. Aber sie waren der Arbeit bald überdrüssig geworden, und so hatten sie sie eingestellt und waren ihres Weges gegangen.

Und bei allem andern war es gerade so. Eine Zeitlang waren Frauen mit Körben vorübergeeilt, die zum morgigen Feste einkaufen wollten; aber schon nach kurzem hatte diese Geschäftigkeit wieder aufgehört. Kinder, die auf der Straße spielten, waren hereingerufen worden, weil sie ihre Sonntagskleider anziehen und dann zu Hause bleiben sollten. Pferde, die sonst Lastwagen zogen, wurden an dem Häuschen vorbei nach dem am äußersten Ende der Vorstadt gelegenen Stall geführt, damit sie da einen vollen Tag ausruhen konnten. Je weiter der Tag voranschritt, desto stiller wurde es draußen, und so oft wieder irgendeine Art Geräusch verstummte, fühlten die in dem Krankenzimmer Anwesenden eine wahre Erleichterung.

»Wie gut, daß sie beim Herannahen eines Festtages sterben darf!« sagte die Mutter. »Bald hört man nichts mehr, das sie stören könnte.«

Die Kranke hatte schon seit dem Morgen bewußtlos dagelegen, und die drei, die um ihr Lager versammelt waren, mochten sagen, was sie wollten, sie hörte es nicht. Trotzdem sahen alle drei wohl, daß die Leidende nicht in einem starren Schlummer befangen war. Ihr Gesicht hatte während des Vormittags mehrere Male den Ausdruck gewechselt; es hatte überrascht und ängstlich ausgesehen, hatte bald einen flehenden, bald einen äußerst gequälten Ausdruck angenommen; jetzt trug es seit einer guten Weile das Gepräge einer heftigen, zornigen Erregung, die die Züge bedeutender aussehen ließ und sie zugleich auch verschönte.

Die junge Heilsarmeeschwester sah dadurch so verändert aus, daß sich ihre Freundin, die am Fußende des Bettes stand, zu der großen Frau, die auch zur Heilsarmee gehörte, niederbeugte und flüsterte:

»Sehen Sie, Hauptmannin, wie schön Schwester Edith wird! Sie sieht aus wie eine Königin.«

Die hochgewachsene Frau stand von dem niederen Stuhl auf, um besser sehen zu können.

Sie hatte die kranke Heilsarmeeschwester bis jetzt sicherlich noch nie anders als mit der demütig frohen Miene gesehen, die sie, wie müde und krank sie sich auch fühlen mochte, immerfort beibehalten hatte, und sie war jetzt so überrascht über die Veränderung in dem Gesicht der Kranken, daß sie sich nicht mehr niedersetzte, sondern unwillkürlich stehen blieb.

Die Kranke hatte sich mit einer ungeduldigen Bewegung so hoch auf das Kissen hinausgeschoben, daß sie nun halb aufgerichtet im Bett saß. Auf ihrer Stirne lag ein Zug unbeschreiblicher Hoheit, und obgleich sie den Mund geschlossen hielt, sah es aus, als drängen Worte der Strafe und der Verachtung über ihre Lippen.

Die Mutter richtete ihren Blick auf die beiden überraschten Gefährtinnen.

»So abwesend ist sie auch schon in den letzten Tagen gewesen«, sagte sie. »Hat sie nicht für gewöhnlich um diese Tageszeit ihre Runde gemacht?«

Die andere jüngere Heilsarmeeschwester warf einen Blick auf die kleine abgenützte Uhr der Kranken, die auf dem Tischchen neben dem Bett tickte.

»Jawohl«, sagte sie, »um diese Zeit pflegte Schwester Edith zu den Elenden zu gehen.«

Doch sie hielt rasch inne und führte das Taschentuch an die Augen; sobald sie etwas zu sagen versuchte, konnte sie die heißen Tränen fast nicht mehr zurückhalten.

Die Mutter nahm eine der harten kleinen Hände ihres kranken Kindes zwischen die ihrigen und streichelte sie zärtlich.

»Es ist wohl eine allzu schwere Aufgabe für sie gewesen, in diesen Höhlen Sauberkeit und Ordnung zu schaffen und den Armen wegen ihrer Schlechtigkeiten Vorhalte zu machen«, sagte sie mit einem gewissen unterdrückten Ärger in der Stimme. »Wenn man eine zu schwere Aufgabe zu verrichten gehabt hat, gelingt es einem nicht, die Gedanken davon abzuwenden. Sie meint, sie gehe jetzt wieder bei den Verworfenen umher.«

»So geht es einem manchmal auch bei einer Arbeit, die man allzusehr geliebt hat«, warf die Hauptmännin der Heilsarmee leise ein.

Die um das Bett Versammelten sahen jetzt, wie sich die Oberlippe der Kranken kräuselte, wie ihre Brauen zuckten und sich zusammenzogen, so daß sich die senkrechte Falte zwischen ihnen immer mehr vertiefte, und alle drei waren ganz darauf gefaßt, daß die Kranke im nächsten Augenblick die Augen öffnen würde, und daß sie von einem zornflammenden Blick getroffen werden würden.

»Sie sieht aus wie ein Engel des Gerichts«, sagte die Heilsarmeehauptmännin in begeistertem Ton.

»Was können sie denn gerade heute da draußen vorhaben?« fragte Schwester Maria, die Mitarbeiterin der Kranken, indem sie sich zwischen den beiden anderen am Bett Stehenden durchdrängte, so daß sie der Sterbenden beruhigend über die Stirne streichen konnte.

»Du brauchst dich nicht mehr um sie zu bekümmern, Schwester Edith«, fuhr sie fort und strich ihr noch einmal zärtlich über die Stirn. »Liebe Schwester Edith, du hast genug für sie getan.«

Diese Worte schienen die Kraft zu haben, die Kranke von dem im Geiste geschauten Auftritte, der sie offenbar festgehalten hatte, abzulenken. Die Spannung, die hochgradige zornige Erregung wich aus ihren Zügen, und der sanfte leidende Ausdruck, den ihr Gesicht während der Krankheit beständig getragen hatte, kehrte zurück.

Sie öffnete die Augen, und als sie das Gesicht ihrer Mitschwester über sich gebeugt sah, legte sie dieser die Hand auf den Arm und suchte sie näher zu sich heranzuziehen.

Schwester Maria konnte kaum ahnen, was diese leichte Berührung bedeuten sollte, aber sie verstand den flehenden Ausdruck in den Augen der Kranken, und so beugte sie sich dicht zu den Lippen der Kranken herab.

»David Holm!« flüsterte die Sterbende.

Schwester Maria schüttelte den Kopf; sie war nicht ganz sicher, ob sie recht gehört hatte.

Da strengte sich die Kranke aufs äußerste an, um sich verständlich zu machen, und sie sprach nun die Worte ganz langsam mit einer kleinen Pause zwischen jeder Silbe aus.

»Laß Da–vid – Holm – ho–len!«

Dabei hielt sie die Augen unverwandt auf die Freundin gerichtet, bis sie sicher war, daß diese sie verstanden hatte. Dann legte sie sich wieder zurück, wie um zu ruhen; und schon nach ein paar Minuten war ihr Geist wieder fortgewandert, und sie war nun offenbar bei einem verhaßten Auftritt gegenwärtig, der ihre Seele mit Zorn und Angst erfüllte.

Die Heilsarmeeschwester richtete sich aus ihrer vorgebeugten Stellung auf. Jetzt weinte sie nicht mehr, sie war von einer Gemütsbewegung ergriffen, die mächtiger war als die Tränen.

»Schwester Edith will, daß wir David Holm holen lassen«, sagte sie.

Aber mit diesem Wunsche schien die Kranke etwas ganz Entsetzliches begehrt zu haben. Die große grobknochige Hauptmännin wurde nun ebenso erregt wie die anwesende Freundin.

»David Holm!« wiederholte sie. »Das ist doch wohl nicht möglich! Zu einer Sterbenden kann man David Holm nicht kommen lassen.«

Die Mutter der Kranken hatte bisher still am Bett gesessen und hatte auch gut gesehen, wie sich in dem Gesicht ihrer Tochter die entrüstete Richtermiene Bahn brach. Jetzt wendete sie sich an die beiden ratlosen Frauen und fragte, was es gebe.

»Schwester Edith verlangt, daß wir David Holm herbeiholen«, klärte sie die Hauptmännin auf. »Aber wir wissen nicht, ob das angeht.«

»David Holm?« fragte die Mutter der Kranken in unsicherem Ton. »Wer ist David Holm?«

»Es ist einer von denen, die Schwester Edith in ihrem Bezirk sehr viel Not und Arbeit gemacht haben, und um den sie sich besonders bemüht hat; aber der Herr hat sie keine Macht über ihn gewinnen lassen«

»Ach, Hauptmännin, vielleicht ist es Gottes Absicht, gerade jetzt in diesen letzten Stunden durch sie zu wirken!« sagte Schwester Maria zögernd.

Doch die Mutter sah die Freundin ihrer Tochter unfreundlich an und sagte:

»Ihr habt ja meine Tochter so lange gehabt, als noch ein Funke von Leben in ihr war. Darum könntet ihr sie wenigstens jetzt, wo es zum Sterben geht, mir überlassen.«

Damit war die Sache entschieden, und Schwester Maria nahm ihren vorigen Platz am Fußende des Bettes wieder ein. Die Hauptmännin ließ sich wieder auf dem kleinen Stuhl nieder, schloß die Augen und versank in ein leise gemurmeltes Gebet. Ab und zu drang ein etwas lauteres Wort an das Ohr der andern, und sie verstanden, daß die Hauptmännin Gott bat, die Seele der jungen Schwester in Frieden von dieser Welt abscheiden zu lassen, ohne daß sie noch von den Pflichten und Sorgen, die der Welt der Prüfungen angehörten, gequält würde.

Als die Heilsarmeeoffizierin so im Gebet versunken dasaß, wurde sie plötzlich aus ihrer Andacht gerissen, weil ihr die junge Heilsarmeeschwester die Hand auf die Schulter legte.

Sie schaute hastig auf und sah, daß die Kranke noch einmal zum Bewußtsein gekommen war. Aber jetzt sah sie nicht mehr so freundlich und demütig aus wie zuvor. Etwas drohend Düsteres lag auf ihrer Stirne.

Die junge Schwester beugte sich rasch über die Sterbende und hörte nun ganz deutlich die vorwurfsvolle Frage:

»Schwester Maria, warum hast du David Holm nicht holen lassen?«

Höchst wahrscheinlich war die Freundin auf dem Punkt, Einwendungen zu machen, aber in den Augen der Kranken stand ein Ausdruck, der sie zum Schweigen zwang.

»Ich werde ihn zu Schwester Edith holen«, sagte sie dann, und sich wie entschuldigend an die Mutter wendend, fuhr sie fort: »Ich habe Edith nie etwas abschlagen können, wenn sie mit einer Bitte zu mir kam, und ich kann es auch heute nicht.«

Da schloß die Kranke die Augen mit einem Seufzer der Erleichterung, und die junge Heilsarmeeschwester verließ die kleine Kammer, in der nun dieselbe Stille herrschte wie zuvor. Die Heilsarmeehauptmännin verharrte angsterfüllt in stillem Gebet. Die Brust der Sterbenden arbeitete immer härter, und die Mutter rückte näher an das Bett heran, wie um einen Versuch zu machen, ihr armes Kind vor Qualen und dem Tod zu beschützen.

Nach einer kleinen Weile schaute die Kranke wieder auf. Ihr Gesicht trug noch immer denselben ungeduldigen Ausdruck; aber als sie den Platz, wo die Freundin gestanden hatte, leer sah und also begriff, daß ihr Wunsch auf dem Wege der Erfüllung war, brach sich in ihren Zügen ein weicherer Ausdruck Bahn. Sie machte keinen Versuch mehr zu sprechen und versank auch nicht wieder in die frühere Bewußtlosigkeit, sondern hielt sich wachend.

Jetzt hörte man die äußere Tür gehen, und da richtete sich die Sterbende beinahe aufrecht im Bett auf. Gleich darauf erschien Schwester Maria an der Tür, an der sie aber nur einen ganz kleinen Spalt öffnete.

»Ich wage nicht hereinzukommen, denn ich bin zu kalt«, sagte sie. »Würden Sie nicht so gut sein, einen Augenblick zu mir herauszukommen, Hauptmännin Andersson?«

Sie sah wohl, wie erwartungsvoll die Augen der Kranken auf sie gerichtet waren, und so fügte sie noch hinzu:

»Ich hab ihn nicht finden können, bin aber mit Gustavsson und ein paar anderen von den unsrigen zusammengetroffen, und sie haben mir versprochen, ihn herbeizuschaffen. Wenn es überhaupt möglich ist, so bringt ihn Gustavsson zu dir, Schwester Edith.«

Sie hatte kaum ausgesprochen, als die Sterbende schon wieder die Augen schloß und wieder in den hellseherischen Zustand versank, in dem sie schon den ganzen Tag befangen gewesen war.

»Sie sieht ihn ganz gut«, sagte die Heilsarmeeschwester, und ihre Stimme hatte einen etwas entrüsteten Klang; aber sie faßte sich rasch und fuhr fort: »Halleluja, es ist kein Unglück, wenn das geschieht, was Gottes Wille bestimmt hat.«

Damit zog sie sich leise ins äußere Zimmer zurück, und die Hauptmännin folgte ihr dahin.

Da draußen stand eine Frau, die kaum dreißig Jahre alt sein mochte, aber ein so graues und gramdurchfurchtes Gesicht, so dünnes Haar und eine so abgemagerte Gestalt hatte, daß sie viel älter und gebrochener aussah als manche hochbetagte Greisin. Überdies war sie äußerst ärmlich gekleidet, und es sah fast aus, als hätte sie sich in ihre jämmerlichsten Lumpen gehüllt, weil sie die Absicht gehabt hatte, zu betteln.

Als die Heilsarmeehauptmännin diese Frau betrachtete, stieg plötzlich ein heftiges Angstgefühl in ihr auf. Nicht die Lumpen, in die das Weib gehüllt war, und nicht die vorzeitig gealterte Gestalt waren das Schlimmste an der ganzen Erscheinung, sondern die starre Teilnahmlosigkeit ihrer Gesichtszüge. Diese Frau war allerdings ein Mensch, der sich bewegte, der ging und stand, aber sie schien durchaus keine Kenntnis davon zu haben, wo sie sich befand. Sie hatte offenbar so entsetzlich gelitten, daß ihre Seele jetzt vor eine Art Wendepunkt stand; im nächsten Augenblick schon konnte der Wahnsinn ausbrechen.

»Dies ist David Holms Frau«, sagte die junge Heilsarmeeschwester. »Ich habe sie in diesem Zustand in ihrer Wohnung gefunden, als ich den Mann holen wollte; da wagte ich nicht, sie allein zu lassen, und so nahm ich sie mit hierher.«

»Ist das David Holms Frau?« rief die Heilsarmeehauptmännin. »Ich muß sie bestimmt früher schon gesehen haben, kann mich aber nicht erinnern, wo. Was mag ihr denn geschehen sein?«

»O, man sieht wohl, was ihr geschehen ist«, erwiderte Schwester Maria heftig, wie von übermächtigem Zorn erfaßt. »Der Mann quält sie einfach zu Tode.«

Die Heilsarmeehauptmännin betrachtete die Frau immer wieder prüfend: Die Augen der Unglücklichen standen weit offen, und die Pupillen starrten fortgesetzt geradeaus ins Leere. Sie hielt die Hände zusammengepreßt, einige ihrer Finger drehten sich unaufhörlich umeinander, und ab und zu drang ein schwaches zitterndes Stöhnen über ihre Lippen.

»Was hat er ihr getan?« fragte die Hauptmännin.

»Ich weiß es nicht«, antwortete die junge Schwester. »Als ich kam, saß sie auf einem Stuhl und stöhnte gerade wie jetzt. Die Kinder waren nicht daheim, und so konnte ich niemand fragen. Ach, du lieber Gott, daß dies auch gerade heute kommen muß! Wie soll ich jetzt für sie sorgen, wenn ich doch an nichts anderes denken kann als an Schwester Edith.«

»Er hat sie wohl geschlagen?« fragte die Hauptmännin.

»Ach, es muß etwas viel Schlimmeres gewesen sein. Ich habe oft solche gesehen, die geschlagen worden waren, aber so sahen sie nicht aus. Nein, nein, es muß etwas viel Schlimmeres gewesen sein«, wiederholte sie mit zunehmendem Entsetzen. »Wir haben ja auf Schwester Ediths Gesicht gesehen, daß etwas Furchtbares geschehen ist.«

»Allerdings«, stimmte jetzt auch die Hauptmännin bei. »Nun können wir auch verstehen, daß sie das gesehen hat. Und Gott sei Dank, daß Schwester Edith es gesehen hat, dadurch bist du, Schwester Maria, noch hingekommen, ehe es zu spät war. Ja, Gott sei Lob und Dank! Es ist sicher seine Absicht, daß wir ihren Verstand vor dem Untergang bewahren sollen.«

»Aber was soll ich denn mit ihr anfangen?« fragte Schwester Maria. »Sie folgt mir wohl, wenn ich sie bei der Hand nehme, aber sie hört nicht, was ich sage. Die Seele ist entflohen, wie sollen wir sie wieder einfangen? Ich habe keine Macht über sie. Vielleicht gelingt es Ihnen besser, Hauptmännin Andersson.«

Die hochgewachsene Hauptmännin nahm das arme Weib bei der Hand und redete mit ihr; sie versuchte es mit freundlichen und versuchte es mit strengen Worten, aber auf dem Gesicht der Ärmsten zeigte sich keine Spur von Bewußtsein.

Mitten unter diesen fruchtlosen Bemühungen steckte die Mutter der Kranken den Kopf durch die Tür und sagte:

»Edith wird unruhig; es wäre gut, wenn Sie wieder hereinkämen.«

Die beiden Heilsarmeeschwestern eilten zurück in die kleine Kammer, wo sich die Kranke jetzt unruhig in ihrem Bett hin und her warf. Aber ihre Aufregung schien viel eher von einer seelischen Anfechtung als von körperlichen Leiden herzukommen. Sie wurde auch sofort ruhiger, als sie ihre beiden Freundinnen auf den gewohnten Plätzen sah, und ihre Augen schlossen sich aufs neue.

Die Hauptmännin machte Schwester Maria ein Zeichen, bei der Kranken zu bleiben, sie selbst aber stand leise auf, um sich wieder hinauszuschleichen. In demselben Augenblick öffnete sich indes die Tür, und David Holms Frau trat ein.

Sie näherte sich dem Bett der Kranken und blieb da mit ausdrucklosen starren Augen stehen, sie schauderte und stöhnte noch immer wie zuvor und verdrehte ihre harten Finger, daß sie in den Gelenken knackten. Eine gute Weile war nicht zu merken, ob sie wußte, was sie vor sich sah, aber ganz allmählich milderte sich die Starrheit ihres Blicks. Sie beugte sich vor und neigte ihr Gesicht immer tiefer über die Sterbende.

Dann aber bemächtigte sich etwas Drohendes, Unheimliches der Frau. Ihre Finger öffneten sich und krallten sich wieder zusammen, und die beiden Heilsarmeeschwestern sprangen voller Angst, sie würde sich auf die Sterbende stürzen, rasch auf.

Nun schlug die junge sterbende Schwester die Augen auf, und ihr Blick fiel auf die fürchterliche, halb wahnsinnige über sie gebeugte Gestalt. Da richtete sie sich im Bett auf, umschlang sie mit beiden Armen, zog sie mit der ganzen Kraft, deren sie noch fähig war, zu sich herab und küßte sie, küßte sie auf Stirne, Wangen und Mund, während sie dabei flüsternd hervorbrachte:

»Ach, arme Frau Holm! Arme, arme Frau Holm!«

Die arme vom Unglück geschlagene Frau schien zuerst zurückweichen zu wollen, aber dann lief ein Zittern durch ihren Körper. Sie brach in heftiges Schluchzen aus und sank, den Kopf noch immer dicht an der Wange der Sterbenden, neben dem Bett in die Knie.

»Sie weint, Schwester Maria, sie weint!« flüsterte bewegt die Hauptmännin. »Sie wird nicht wahnsinnig.«

Schwester Maria preßte die Hand fest um das mit Tränen getränkte Taschentuch und erwiderte mit einer verzweiflungsvollen Anstrengung, ihre Stimme fest zu machen:

»Sie allein kann so etwas tun, Hauptmännin Andersson. Ach, was wird aus uns werden, wenn sie nicht mehr da ist!«

Im nächsten Augenblick fingen die beiden einen flehenden Blick von der Mutter der Kranken auf und verstanden ihn.

»Ja gewiß, wir müssen sie fortschaffen«, sagte die Hauptmännin. »Und es wäre wohl auch nicht gut, wenn sie der Mann hier anträfe, falls er noch kommen sollte. Nein, nein, Schwester Maria«, fuhr sie fort, als die junge Heilsarmeeschwester gleich das Zimmer verlassen wollte, »bleibe du hier bei deiner Freundin, ich werde für sie sorgen.«

2.

An demselben Silvesterabend, aber so spät, daß es finstere Nacht ist, sitzen drei Männer in der kleinen Anlage, die die Stadtkirche umgibt, und trinken eifrig Bier und Branntwein.

Die drei haben sich unter einer Lindengruppe, deren schwarzes Geäste vor Feuchtigkeit glänzt, auf einem verdorrten Rasenplatz niedergelassen. Zuvor haben sie in einem Bierkeller gesessen; aber da dieser zur Polizeistunde geschlossen worden ist, machen sie nun im Freien fort. Sie wissen recht wohl, daß es Silvesterabend ist, und gerade deshalb haben sie sich hierher in die Kirchenanlagen begeben. Sie wollen nämlich der Kirchturmuhr so nahe sein, daß sie es ganz sicher hören, wenn es Zeit ist, Prosit Neujahr zu rufen und darauf anzustoßen.

Die drei Zechbrüder sitzen da nicht im Dunkeln, sondern sind von dem Schein, den die hohen elektrischen Lampen der anstoßenden Straßen auf die Kirchenanlage werfen, ziemlich hell beleuchtet. Zwei von ihnen sind von kleiner Gestalt, alt und abgelebt, ein paar unglückliche Landstreicher, die sich in die Stadt geschlichen haben, um ihre erbettelten Kupfermünzen zu vertrinken. Der dritte ist ein Mann im Anfang der Dreißiger. Auch er ist wie die andern sehr unordentlich gekleidet, aber groß und gut gewachsen und scheint noch im Besitze seiner vollen ungebrochenen Kraft zu sein.

Sie haben Angst, hier von einem Schutzmann entdeckt und fortgejagt zu werden, und um sich recht leise, ja fast flüsternd unterhalten zu können, sitzen sie ganz nahe beieinander. Der jüngere von ihnen führt das Wort, und die beiden andern hören ihm so aufmerksam zu, daß sie die Flaschen schon eine gute Weile ganz unberührt neben sich liegen lassen haben.

»Ich habe einmal einen Kameraden gehabt«, sagt der Sprecher, und seine Stimme hat dabei einen ernsten, fast geheimnisvollen Klang, während ein arglistiger Funke in seinen Augen aufleuchtet, »der am Silvesterabend immer wie umgewandelt war. Nicht etwa, daß er an diesem Tag große Berechnungen angestellt hätte und etwa von dem Jahresverdienst unbefriedigt gewesen wäre; o nein, sondern weil er gehört hatte, daß einem an diesem Tag etwas Fürchterliches und Unheimliches widerfahren könnte. Ich versichere euch, ihr Herren, daß er sich an dem Tag vom Morgen bis Abend ganz still und ängstlich verhielt und von einem Schnaps nicht einmal etwas hören, geschweige denn einen trinken wollte. Sonst war er gar kein Spielverderber, aber es wäre vollständig unmöglich gewesen, ihn an einem Neujahrsabend zu so einem kleinen Spaß wie diesem hier verleiten zu wollen, gerade wie es für euch, ihr Herren, eine Unmöglichkeit wäre, mit dem Landeshauptmann Schmollis zu trinken.

Ja so, meine Herren, ihr fragt, wovor er sich denn gefürchtet habe? Ja, das war nicht so leicht aus ihm herauszubringen, aber einmal hat er sich doch verschnappt. Aber ihr möchtet es wohl heute lieber nicht hören, wie? Es ist ein wenig gruselig in so einer Kirchenanlage, die einstens sicher ein Kirchhof gewesen ist, oder meint ihr etwa nicht?«

Die beiden Landstreicher erklären natürlich sofort, daß sie von Gespensterfurcht nichts wüßten, und so fährt der dritte fort:

»Er, von dem ich spreche, stammte von besseren Leuten ab. Er hatte einstens auf der Universität zu Upsala studiert, so daß er ein bißchen mehr wußte als wir. Und seht nun, ihr Herren, am Neujahrsabend hielt er sich vollständig nüchtern, nur damit er nicht zufällig in eine Schlägerei verwickelt werden oder ihm sonst ein Unglück zustoßen sollte, das ihm an diesem Tag das Leben kosten könnte. An jedem andern Tag wäre ihm das ziemlich einerlei gewesen; aber an einem Neujahrsabend durfte ihm nichts Tödliches zustoßen, denn er glaubte, daß er sonst gezwungen wäre, den Totenkarren zu fahren.«

»Den Totenkarren?« wiederholen die beiden Zuhörer zugleich in fragendem Tone.

Der große Mann macht sich ein Vergnügen daraus, die Neugier seiner Gefährten aufzustacheln, indem er noch einmal fragt, ob sie denn auch wirklich in Anbetracht des Platzes, wo sie säßen, die Geschichte hören wollten; aber sie verlangten eifrig die Fortsetzung, und so nimmt der andere wieder das Wort.

»Nun also, dieser mein Kamerad behauptete ganz fest, es gäbe einen alten, alten Karren von der Art wie ihn die Bauern gebrauchen, wenn sie ihre Waren auf den Markt fahren, er sei aber in so trostlosem Zustande, daß er sich eigentlich auf einer Landstraße gar nicht sehen lassen dürfte. Erstens sei er von Lehm und Straßenstaub so überzogen, daß man kaum noch sehen könne, aus welchem Material er gemacht sei. Dann seien die Räderachsen gebrochen, die Radkränze säßen so lose, daß sie klapperten, die Räder seien seit Ewigkeit nicht geschmiert worden und knirschten und ächzten, daß es einen verrückt machen könnte. Der Karrenboden sei verfault und der Polstersitz zerlumpt und die halbe Einfassung um den Wagensitz sei weggerissen. Zu dem Karren gehöre ein alter, alter Gaul, eine einäugige Schindmähre, die so mager sei, daß das Rückgrat wie ein Sägeblatt unter der Haut auftrage und man alle ihre Rippen zählen könne. Sie sei steifbeinig und faul und störrisch und bewege sich nicht rascher als ein Kind, das auf dem Boden kriecht. Und zu dem Gaul gehöre ein Geschirr, das ganz abgeschabt und zerfressen sei und alle seine Schnallen und Haken verloren habe, so daß die Riemen jetzt nur noch mit alten Schnüren und Birkenweiden zusammengebunden seien. Nicht ein einziger silberner oder messingener Beschlag sei noch daran, nur noch ein paar spärliche, schmutzige Garntroddeln, die mehr zur Unzier als zur Zier dienten. Und die Leitseile paßten genau zum Geschirr, denn sie bestünden aus lauter Knoten, einer am andern, und seien so oft wieder zusammengeknüpft worden, daß nun niemand mehr etwas daran ausbessern könnte.« Hier schweigt der Erzähler und streckt die Hand nach der Flasche aus, vielleicht hauptsächlich um den Zuhörern Zeit zu lassen, sich so recht klar zu machen, was sie gehört haben.

Dann nimmt er wieder das Wort und sagt: »Nun, ihr Herren, das klänge vielleicht nicht so gar merkwürdig; aber sehet, die Sache ist die, daß zu diesem Geschirr und den lumpigen Zügeln auch ein Fuhrmann gehört, der gebückt und jammervoll auf dem wackeligen Brett sitzt und den alten Gaul lenkt. Er hat blauschwarze Lippen und fahle Wangen, und die Augen sind dunkel und wie ein zerbrochener Spiegel. Er trägt einen langen, schwarzen, verfleckten Mantel mit einer großen Kapuze, die er tief ins Gesicht hereingezogen hat, und in der Hand hält er eine rostige schartige Sense an einem langen Stiel. Und seht, ihr Herren, der Mann, der da auf dem Karren sitzt und den Gaul an den zerlumpten

Zügeln lenkt, ist kein gewöhnlicher Fuhrmann, sondern steht im Dienst eines gestrengen Herrn, der der Tod genannt wird. Tag und Nacht muß dieser Fuhrmann die Aufträge seines Herrn ausrichten. Versteht ihr wohl, ihr Herren, sobald es bei jemand ans Sterben geht, muß er zur Stelle sein, und dann kommt er auch mit seinem knirschenden alten Karren dahergerasselt, so rasch, wie der lahme Gaul den Karren nur zu ziehen vermag.«

Wieder macht der Erzähler eine Pause und versucht, die Gesichter seiner Kameraden zu unterscheiden, und als er merkt, daß sie ganz so aufmerksam sind, wie er überhaupt verlangen kann, fährt er fort:

»Ihr habt doch gewiß schon irgendein Bild gesehen, das den Tod vorstellen soll, und da habt ihr wohl gemerkt, daß er meistens zu Fuß geht. Aber dieser hier auf dem Karren ist auch nicht der Tod selbst, sondern nur sein Fuhrknecht. Seht, man könnte sich ja denken, daß so ein hoher Herr vielleicht nur die vornehmste Ernte bergen wollte, und für die kleinen erbärmlichen Gräser und Kräuter, die am Wegrand stehen, für die muß dann der Fuhrknecht sorgen. Aber nun, ihr Herren, nun gebt wohl acht, denn jetzt kommt das Allermerkwürdigste an der ganzen Geschichte. Ja, es scheint sich nämlich so zu verhalten, daß bei diesem Geschäft zwar immer derselbe Karren von demselben Gaul gezogen wird, der Fuhrknecht dagegen nicht immer derselbe bleibt. Der letzte Mensch, der in dem laufenden Jahre stirbt, also der Mensch, der in dem Augenblick den Geist aufgibt, wo die Glocke in der Neujahrsnacht die Mitternacht verkündigt, ist zum voraus dazu bestimmt, der Fuhrknecht des Todes zu werden. Sein Leichnam wird zwar begraben, wie der aller anderen Toten auch, aber sein Geist muß den Mantel anziehen und ein ganzes Jahr lang mit der Sense von Haus zu Haus fahren, wo immer ein Toter liegt, bis er in der nächsten Neujahrsnacht endlich abgelöst wird.«

Der Erzähler schweigt und betrachtet die beiden andern mit einem boshaft erwartungsvollen Blick. Er sieht, daß sie die Augen nach oben gerichtet haben und sich vergeblich bemühen, herauszubringen, welche Zeit die Zeiger der Turmuhr angeben.

»Es hat eben erst drei Viertel auf zwölf geschlagen«, klärt er die Gefährten auf. »Ihr braucht euch also nicht die geringste Sorge zu machen, daß der gefährliche Augenblick schon herangekommen sei. Aber jetzt versteht ihr doch vielleicht, warum mein Kamerad so große Angst hatte. Ja, vor nichts weiter fürchtete er sich, als eben davor, der Tod könnte ihn möglicherweise in dem Augenblick überraschen, wo die Glocke in der Neujahrsnacht zwölf Uhr schlüge, und daß er dann gezwungen wäre, so dessen Fuhrknecht zu werden. Ich glaube, daß er sich am letzten Tage des Jahres immerfort einbildete, er höre das Rasseln und Knirschen des Totenkarrens. Und wißt ihr wohl, ihr Herren, was das merkwürdigste war? Er scheint tatsächlich im letzten Jahre gerade in der Neujahrsnacht gestorben zu sein.«

»Was, ist er wirklich gerade vor dem Anbruch des neuen Jahres gestorben?«

»Ich weiß nichts weiter, als daß er in der Neujahrsnacht starb; aber bei welchem Glockenschlage, ist mir nicht bekannt. Nun, ich hätte ihm eigentlich prophezeien können, daß er gerade an diesem Tag ins Gras beißen müßte; er hat ja doch nichts anderes getan, als auf den Tod gewartet. Wenn ihr Herren euch so etwas fest einbilden würdet, ginge es euch genau so.«

Die beiden andern Männer haben, während der Dritte erzählte, wie auf gemeinsame Verabredung rasch den Hals ihrer Flasche umfaßt und trinken nun einen langen Schluck. Darauf stehen sie langsam und schwerfällig auf.

»Ach, die Herren werden doch nicht aufbrechen wollen, ehe es Mitternacht geschlagen hat«, sagt der Große, der die Geschichte erzählt hat, als er merkt, daß es ihm gelungen ist, den beiden andern einen Schrecken einzujagen. »Ihr werdet doch einem solchen alten Ammenmärchen kein Gewicht beilegen, nein, das ist doch wohl nicht möglich! Mein Kamerad war auch viel schwächer als ihr, nicht von dem alten urgesunden schwedischen Schlag wie wir. Kommt, nun trinken wir einen tüchtigen Schluck, und dann setzen wir uns wieder!« –

»Es ist nur gut, daß man uns hier ungestört sitzen läßt«, fährt er fort, nachdem er die andern wieder neben sich auf dem Rasen hat. »Dies ist heute den lieben langen Tag hindurch der erste Ort, wo man mich in Ruhe läßt. Denn wo ich mich heute sehen ließ, bin ich immerfort von Heilsarmeesoldatinnen überfallen worden, die mich zu Schwester Edith, die im Sterben zu liegen scheint, mitnehmen wollten. Aber ich hab mich dafür bedankt; das fehlte gerade noch, man setzt sich doch nicht freiwillig einer so widerlichen Predigt aus.«

Als die beiden kleineren Männer den Namen der Schwester Edith hören, fahren sie, trotzdem ihr Gehirn von dem fortgesetzten Trinken umnebelt ist, heftig zusammen und fragen, ob es die Rettungsschwester sei, die der Rettungsstation vorstehe.

»Jawohl, die ist es«, antwortet der jüngere Mann. »Während dieses ganzen Jahres hat sie mich mit ihrer besonderen Aufmerksamkeit ausgezeichnet, und ich hoffe, sie gehört nicht zu den näheren Bekannten von euch, ihr Herren, damit ihr nicht zu sehr um sie trauern müßt.«

In den Herzen der beiden Landstreicher mußte indes irgendeine Erinnerung an eine von Schwester Edith empfangene Wohltat lebendig sein, denn beide erklären mit größter Bestimmtheit und Übereinstimmung, wenn Schwester Edith nach jemand verlange, so müßte er sich, wer er auch immer sei, unverzüglich zu ihr begeben.

»So, das ist eure Meinung, ihr Herren?« versetzt der Dritte. »Nun, ich würde auch gleich hingehen, wenn ihr mir ungefähr sagen wolltet, welche Freude Schwester Edith an einem Zusammensein mit mir haben könnte.«

Keiner von den beiden Landstreichern läßt sich auf die Beantwortung dieser Frage ein, aber beide versuchen ihn zu überreden, jetzt noch zu Schwester Edith zu gehen. Und als er sich fortgesetzt weigert, geraten sie in heftigen Zorn und erklären, wenn er nicht gutwillig gehe, werden sie ihn mit Gewalt hinschleppen.

Sie stehen auch gleich auf und krempeln ihre Rockärmel zurück, um zum Angriff überzugehen.

Ihr Widersacher, der wohl weiß, daß er der größte und stärkste Mann in der ganzen Stadt ist, wird plötzlich von Mitleid mit den beiden schwächlichen Tröpfen erfaßt.

»Wenn die Herren es denn durchaus nicht anders haben wollen, so bin ich selbstverständlich sofort bereit«, sagt er. »Aber ich muß gestehen, meiner Ansicht nach sollten wir uns lieber gütlich vertragen, besonders in dem Gedanken an das, was ich eben erzählt habe.«

Die beiden betrunkenen Männer wissen wohl kaum noch, was sie in Zorn versetzt hat; aber jetzt ist ihre Streitsucht geweckt, und sie gehen mit geballten Fäusten auf den Dritten los. Dieser ist sich aber seiner Überlegenheit so bewußt, daß er es nicht einmal der Mühe wert findet, aufzustehen, sondern ruhig sitzen bleibt. Er streckt nur die Arme aus und schleudert seine Angreifer wie ein paar junge Hunde nach rechts und links weg. Aber wie junge Hunde kommen sie auch gleich wieder heran, und dabei gelingt es dem einen, dem großen starken Mann einen heftigen Stoß auf die Brust zu versetzen. Im nächsten Augenblick fühlt dieser, daß ihm etwas Warmes die Kehle heraufsteigt und den Mund füllt. Und da er weiß, wie angegriffen sein einer Lungenflügel ist, ahnt er, daß dies der Anfang eines Blutsturzes ist. Er gibt den Kampf auf und wirft sich auf den Boden zurück, während ihm ein breiter Blutstrom über die Lippen quillt.

Dies ist ja an und für sich schon ein schwerer Unfall, aber das Schlimmste und Verhängnisvollste dabei ist, daß die Kameraden, die, als ihnen das warme Blut auf die Hände spritzt und sie den Mann zurücksinken sehen, meinen, sie hätten ihn ermordet, sinnlos und in wilder Flucht davonjagen und den Verletzten ganz allein zurücklassen. Der Blutsturz läßt freilich allmählich nach, aber sobald der Mann den allergeringsten Versuch macht, sich aufzurichten, quillt das Blut von neuem hervor.

Es ist keine besonders kalte Nacht; aber als der Mann so auf der Erde ausgestreckt liegt, empfindet er die Feuchtigkeit und Kälte höchst unangenehm, und nach und nach drängt sich ihm die Überzeugung auf, daß er zugrunde gehen muß, wenn ihm nicht bald jemand zu Hilfe kommt und ihn unter Dach und Fach schafft. Er liegt hier so gut wie mitten in der Stadt, und da es Neujahrsnacht ist, sind auch noch eine Menge Menschen unterwegs; er hört sie auf den Straßen hin und her gehen und um den Kirchenplatz herumwandern, aber niemand kommt in die Anlagen herein. Ja, die Menschen sind gar nicht weit weg, er kann ganz deutlich ihre Stimmen hören, und er denkt, es sei doch recht hart, daß er hier aus Mangel an Hilfe, die doch so ganz in der Nähe ist, zugrunde gehen müsse.

Wieder wartet er eine Weile, ob vielleicht jemand kommt. Die Kälte plagt ihn immer mehr; aber er kann sich nicht allein aufrichten, das merkt er wohl, und so beschließt er, wenigstens einen Versuch zu machen, jemand herbeizurufen.

Aber auch diesmal hat er kein Glück, denn gerade als er einen Notschrei ausstößt, fängt die Glocke im Turme über ihm an, zwölf Uhr zu schlagen. Die menschliche Stimme wird von dem starken Erzklang vollkommen übertönt, kein Mensch gibt auf sie Achtung, Der Kranke kann auch keinen zweiten Versuch machen, denn nach der Anstrengung fließt das Blut von neuem, und zwar diesmal so heftig, daß er kaum noch den Gedanken fassen kann, auf diese Weise verliere er alles Blut aus seinem Körper bis auf den letzten Tropfen, als es auch schon geschehen zu sein scheint.

Wie, werd' ich am Ende sterben, während die Glocke da droben Mitternacht schlägt? denkt er. Das ist doch wohl nicht möglich! – Aber zugleich hat er das Gefühl, als verlösche er wie ein ausgebranntes Licht. Und in demselben Augenblick, wo der letzte dröhnende Glockenschlag verhallt und den Anbruch des neuen Jahres verkündigt, versinkt der Mann in Finsternis und Bewußtlosigkeit.

3.

Gleich nachdem die Turmuhr zwölf weithin hallende Schläge dröhnend über die Landschaft hingeschickt hat, dringt ein kurzes scharfes Ächzen und Knirschen durch die Luft.

Nach wenigen Augenblicken ertönt es aufs neue, und dann wiederholt es sich unaufhörlich in ganz kurzen Zwischenräumen von nur wenigen Augenblicken, gerade wie wenn es von einem ungeschmierten Wagenrad herkäme; aber es ist ein noch viel schärferer, widerwärtigerer Laut, als ihn ein noch so elendes Fuhrwerk hervorzubringen imstande wäre. Und mit diesem Laut dringt Angst herbei; er erweckt Angst vor allem, was man sich von Schmerz und Qual nur ausdenken kann.

Es ist ein Glück, daß das Geräusch für die meisten von denen, die hergekommen sind, den Jahreswechsel an der Kirche zu erwarten, unhörbar ist. Wenn es vernehmlich wäre, würden alle frohen jungen Leute, die die ganze Nacht auf den Straßen um den Platz und die Kirchenanlagen herumgewandert sind und sich nun lustig Prosit Neujahr zurufen, ihre Glückwünsche in Jammern und Klagen verwandelt haben über all das Schlimme, das sie selbst und ihre Freunde erwarte. Wenn das Geräusch vernehmlich gewesen wäre, würde die kleine Gemeinde in dem Vereinshause, die eben jetzt das Neujahrslied anstimmte, um Gott im Himmel Lob und Dank darzubringen, gemeint haben, es mischten sich höhnisches Pfeifen und Zischen gefallener Geister in den heiligen Gesang. Wenn das Geräusch vernehmlich gewesen wäre, würde der Redner, der mit dem Champagnerglas in der Hand in einer frohen Gesellschaft eben seine Glückwünsche zum Neuen Jahr ausbrachte, verstummt sein, weil er ein widerwärtiges Rabengekrächze zu hören vermeinte, das ihm für alles, was er hoffte und wollte, Mißerfolg und Unglück anzukündigen schien. Ja, wenn das Geräusch vernehmlich gewesen wäre, würden die Herzen aller derer, die in dieser Nacht in ihren stillen Heimstätten wachten und sich Rechenschaft über ihr Tun und Lassen im vergangenen Jahre ablegten, im Bewußtsein ihres Unvermögens und ihrer Schwachheit von Verzweiflung zerrissen worden sein!

Es ist ein Glück, daß das Geräusch nur für einen einzigen Menschen vernehmlich ist, und daß dieser eine Mensch zu denen gehört, die es recht wohl nötig haben, in Angst, Gewissensqual und Selbstverachtung gestürzt zu werden, wenn es überhaupt noch möglich ist.

4.

Der Mann, der den schweren Blutsturz gehabt hat, liegt noch auf dem Boden und gibt sich alle Mühe, wieder zum Bewußtsein zu kommen. Es ist ihm, als wecke ihn etwas, als fliege ein Vogel, oder was es sonst sein mag, mit lautem Geschrei über seinen Kopf hin. Aber es ist ihn eine schöne, angenehme Ruhe überkommen, aus der er sich nicht losreißen kann.

Gleich darauf ist er überzeugt, daß das Geräusch nicht von einem Vogelschrei herrühren kann, sondern daß es der Totenkarren ist, dessen Geschichte er den beiden Landstreichern erzählt hat; dieser fährt jetzt durch die Kirchenanlagen und knirscht und rasselt so schrecklich, daß der Mann nicht schlafen kann. Aber halb unbewußt weist er, während er ruhig auf dem Boden liegt, den Gedanken, es könnte der Totenkarren sein, doch von sich. So etwas bildet er sich ja nur ein, weil er erst vorhin an ihn gedacht hatte.

Er versinkt von neuem in eine Art Schlummerzustand, aber das hartnäckige Knirschen dringt wieder schneidend durch die Luft und läßt ihm keine Ruhe. Jetzt wird ihm auch plötzlich klar, daß das, was er hört, von einem wirklichen Gefährt herrührt. Nein, das ist keine Einbildung, es ist volle Wirklichkeit, und so kann er nicht hoffen, daß es bald aufhören werde.

Und da wird ihm etwas klar; es hilft alles nichts, er muß sich entschließen, aufzuwachen.

Er merkt sofort, daß er noch immer auf demselben Rasenplatz liegt wie zuvor und ihm also niemand zu Hilfe gekommen ist. Alles scheint noch unverändert zu sein, nur wiederholt dringt ein ächzender, knirschender Ton durch die Luft. Der Ton scheint aus weiter Ferne zu kommen, ist aber überaus langgezogen und dringt ihm schneidend scharf in die Ohren, und er weiß nun auch genau, daß dieser Laut es ist, der ihn geweckt hat.

Er fragt sich, ob er wohl lange bewußtlos dagelegen habe, was ihm aber nicht wahrscheinlich vorkommt. Er hört, wie sich die Leute, die in nächster Nähe umherwandern, Prosit Neujahr zurufen, und schließt daraus, daß es noch nicht lange nach Mitternacht sein kann.

Der ächzende, knirschende Ton dringt einmal ums andere an sein Ohr, und da der Mann von jeher sehr empfindlich gegen gellende, kreischende Töne gewesen ist, denkt er, es wäre gut, wenn er einen Versuch zum Aufstehen machen und fortgehen würde, damit er dieses Unwesen nicht mehr hören müßte. Ja, einen Versuch könnte er doch wenigstens machen, jetzt beim Aufwachen fühlt er sich wieder ganz wohl. Er hat nicht mehr das Gefühl, als habe er eine offene, klaffende Wunde in der Brust. Es friert ihn nicht mehr, und er fühlt sich auch nicht mehr matt, fühlt überhaupt seinen Körper gar nicht, sondern es ist ihm ganz so zumut, wie es zu sein pflegt, wenn man vollkommen gesund ist.

Er liegt noch immer auf der Seite, wie er sich hingeworfen hat, als der Blutsturz anfing, und nun will er sich zuerst auf den Rücken legen und versuchen, was sein gebrechlicher Körper aushalten kann.

›Jetzt richte ich mich vorsichtig auf den Ellbogen auf, drehe mich um und lasse mich wieder zurücksinken‹, denkt er.

Der Mann ist, wie alle andern Menschen auch, gewohnt, sobald der Gedanke sagt: »Nun tue ich dies oder das«, es auch in demselben Augenblick bewerkstelligt zu haben. Aber diesmal widerfahrt ihm etwas Seltsames: sein Körper bleibt ganz ruhig liegen, ohne die vorgeschriebenen Bewegungen auszuführen; vollkommen unbeweglich liegt er da.

›Wäre es denn möglich, daß ich sehr lange dagelegen habe und nun zu Eis erstarrt bin?‹ denkt der Mann.

Aber wenn er so hartgefroren wäre, müßte er ja tot sein, und er lebt doch, er sieht und hört ja. Und außerdem herrscht auch gar keine eigentliche Kälte, denn von den Bäumen über ihm tropft und rieselt es ja auf ihn herunter.

Der Mann ist von dem Gedanken, was für eine seltsame Lähmung sich seiner bemächtigt habe, ganz erfüllt, und so hat er eine Weile das quälende Knirschen vergessen. Aber plötzlich hört er es aufs neue.

›Ja, nun kannst du dir alle weitere Überlegung, wie du dieser Musik entgehen könntest, sparen, David‹, denkt er. ›Jetzt mußt du es eben aushalten, so gut es geht.‹

Für jemand, der sich eben noch frisch und tatkräftig und nicht ein bißchen krank gefühlt hat, ist es nicht leicht, ruhig und geduldig daliegen zu müssen, und der Mann macht unaufhörliche Versuche, wenigstens einen Finger zu bewegen oder die Augenlider zu heben. Aber das eine ist ihm ebenso unmöglich wie das andere, und er fragt sich unwillkürlich, wie er es denn früher gemacht habe, wo er den vollen Gebrauch seiner Glieder hatte. Er denkt, er müsse diese Kunst durch irgendeinen Unfall vergessen haben.

Während der ganzen Zeit kommt das Knirschen immer näher. Jetzt ist es nicht mehr weit entfernt; er hört, daß es von einem Gefährt herrührt, das ganz langsam durch die Lange Straße nach dem Marktplatz fährt. Und ein elender Schinderkarren muß es sein, so viel ist sicher. Jetzt hört man nicht nur das Knirschen der ungeschmierten Räder, sondern auch das Krachen im Holz und wie das Pferd bei jedem Schritt auf dem Straßenpflaster ausgleitet. Wahrhaftig, wenn der erbärmliche Totenkarren, vor dem sein alter Kamerad so eine Heidenangst gehabt hatte, dahergefahren käme, es könnte sich nicht schlimmer anhören.

›Du und ich, David‹, denkt der Mann, ›wir beide brauchen zwar keine besondere Sehnsucht nach der Polizei zu haben; aber wenn sie jetzt aufpassen und dem Unwesen ein Ende machen würde, so würden wir uns doch recht schön bei ihr bedanken.‹

Der Mann pflegt sich mit seinem stark ausgeprägten Sinn fürs Komische zu brüsten, aber jetzt fängt er doch an zu fürchten, diese Knirschmusik im Verein mit allem andern, was ihm in dieser Nacht widerfahren ist, könnte seinem Humor den Garaus machen. Allerlei widerwärtige Überlegungen gehen ihm durch den Kopf: wenn er jetzt, wie er so daliegt, gefunden wird, könnte er für tot gehalten und lebendig eingesargt und begraben werden.

»Und dann mußt du alles, was um deinen Leichnam herum gesprochen wird, mit anhören, und das klingt vielleicht auch nicht schöner als der Spektakel, den du jetzt anhören mußt«, sagt er zu sich selbst.

Höchstwahrscheinlich ist dieses Knirschen die Ursache, warum er plötzlich an Schwester Edith denken muß, zwar nicht mit Gewissensbissen, aber mit dem empörten Gefühl, daß sie auf irgendeine Weise den Sieg über ihn davongetragen habe.

Das Knirschen erfüllt die Luft, und es zerreißt ihm die Ohren; aber es erweckt in dem daliegenden Manne keine Reue über das Unrecht, das er anderen zugefügt hat, sondern nur zornige Erinnerungen an alles Böse und Widerwärtige, das ihm andere angetan haben.

Aber gerade wie er sich so recht in diese Anklagen hineingesteigert hat, bricht er jäh ab und horcht eine ganze Minute lang angestrengt in die Nacht hinein. Das Gefährt ist zwar die Langestraße hinuntergefahren, aber nicht in den Marktplatz eingebogen. Das Pferd gleitet nicht mehr auf den runden spitzigen Pflastersteinen aus, jetzt schreitet es über einen Sandweg. Es nähert sich dem Platz, wo der Mann liegt, es ist in die Kirchhofanlagen hereingefahren.

In seiner Freude über die Möglichkeit, Hilfe zu erlangen, macht der Mann noch einen Versuch, sich aufzurichten. Aber es geht ihm dabei genau wie bei den vorhergehenden Malen. Nur allein seine Gedanken bewegen sich, der Körper nicht.

Dagegen hört er, daß das Gefährt tatsächlich näher herankommt. Das Holzwerk kracht immerfort, das Geschirr knarrt, und die ungeschmierten Räder quietschen und knirschen, und zwar so erbärmlich, daß der Mann allmählich Angst bekommt, sie könnten auseinanderfalten, ehe das Gefährt bis zu ihm gelangt wäre.

Das Gefährt bewegt sich unglaublich langsam, und der Mann, der von dem einsamen und hilflosen Daliegen gereizt und ungeduldig geworden ist, meint, es dauere noch viel länger, bis das Gefährt ihn erreicht, als es tatsächlich der Fall ist. Und er kann auch gar nicht daraus klug werden, was denn das für ein Gefährt sein kann, das mitten in der Neujahrsnacht in die Kirchenanlagen hereinfährt. Der Kutscher ist vielleicht betrunken, wenn er solche Wege einschlägt, aber dann kann er ja keine Hilfe von ihm erwarten.

›Das Knirschen ist es, das dich so niederdrückt, David‹, denkt er. ›Das Gefährt hat gewiß nicht die andere Allee eingeschlagen, wie du dir jetzt einbildest, sondern kommt gerade auf dich zu.‹

Jetzt kann das Gefährt nur noch ein paar Schritte von ihm entfernt sein, aber das entsetzliche Knirschen, das er weniger wie irgendein anderer aushalten kann, hat den Mann ganz mutlos gemacht.

›Du hast heute Unglück, David‹, denkt er. ›Und du wirst sehen, daß hier nichts als ein neues Unglück heranrückt. Es ist gewiß eine schwere Straßenwalze, die über dich wegfährt, oder irgend etwas Ähnliches.‹

Im nächsten Augenblick wird der Mann gewahr, was es ist, auf das er so eifrig gewartet hat, und obgleich es durchaus keine Straßenwalze ist, die ihn zu zermalmen droht, verliert er bei seinem Anblick doch fast die Besinnung vor Schrecken.

Er kann seine Augen ebenso wenig bewegen wie irgendein anderes Glied seines Körpers, und deshalb sieht er nichts weiter, als was gerade vor ihm ist. Da nun das knirschende Gefährt von der Seite hergefahren kommt, taucht es erst allmählich vor seinem Sehfeld auf. Das erste, was sich dem Manne zeigt, ist ein alter Pferdekopf mit ergrautem Stirnhaar und einem erblindeten Auge, das ihm zugewendet ist. Dann erscheint die vordere Hälfte eines Pferds, das statt des einen Beins nur noch einen kurzen Stumpf aufzuweisen hat, und das in ein mit schlechten Schnüren und Birkenweiden zusammengebundenes und mit schmutzigen Garntroddeln verziertes Geschirr gespannt ist. Dann erscheint der ganze elende Gaul und der ganze elende Karren mit der zerbrochenen Holzeinfassung und den losen, wackeligen Rädern, ein gewöhnlicher, aber so schrecklich mitgenommener Marktkarren, daß er aussieht, als könne man nichts mehr darauf laden.

Der Fuhrmann sitzt auf dem Sitzbrett, und er stimmt ganz genau mit der Beschreibung überein, die der Mann vor einer kleinen Weile selbst von ihm und seinem Gefährt und allem andern gemacht hatte. Die Zügel, an denen der Fuhrmann den Gaul leitet, sind so oft zusammengebunden, daß ein Knoten am andern sitzt, die Mantelkapuze hat er tief ins Gesicht hereingezogen, und er sitzt zusammengesunken auf dem Karren, wie von einer Müdigkeit gebeugt, von der er sich niemals genügend ausruhen darf.

Als der Mann nach dem heftigen Blutsturz in Ohnmacht sank, war es ihm, als sei seine Seele aus seinem Leibe entwichen und ausgeflackert wie eine verlöschende Flamme. Aber so ist es jetzt nicht mehr, jetzt ist ihm, als werde sie so geschüttelt und verrenkt und herumgewirbelt, daß sie nie wieder in die richtige Verfassung kommen könnte.

Man sollte nun eigentlich meinen, der Mann hätte nach allem, was der Ankunft des Gefährts vorausgegangen war, darauf gefaßt sein müssen, etwas Übernatürliches daherkommen zu sehen; aber wenn ihm auch so ein Gedanke aufgestiegen war, so hatte er ihm keine Bedeutung beigelegt. Und als er jetzt das vor sich sieht, von dem er als von einer alten Sage reden gehört hat, will es sich durchaus nicht mit irgendeinem seiner flüchtigen Erlebnisse in Einklang bringen lassen.

›Dies wird dich noch verrückt machen, David‹, denkt er mitten in seiner Verwirrung. ›Nicht allein mein Körper ist zugrunde gerichtet, nun komme ich auch noch um meinen Verstand.‹

Was ihn in diesem Augenblick hauptsächlich beschäftigt, ist das Gesicht des Fuhrmanns. Das Pferd ist dicht vor ihm stehen geblieben, und da hat sich der Fuhrmann aufgerichtet, als erwache er aus einem Traum. Mit einer müden Bewegung hat er die Kapuze zurückgeschlagen und schaut sich nun suchend nach allen Seiten um. Dabei sieht ihm der am Boden Liegende in die Augen, und er erkennt in dem Fuhrmann einen alten Bekannten.

›Ei, das ist ja der Georg!‹ denkt er. ›Er ist zwar höchst seltsam ausstaffiert, aber ich erkenne ihn doch, ich erkenne ihn!‹

›Kannst du mir sagen, David, wo er sich wohl diese ganze Zeit über aufgehalten hat?‹ fragt er im stillen weiter. ›Ich glaube, ich bin während des ganzen letzten Jahres nicht ein einzigesmal mit ihm zusammengetroffen. Aber weißt du, David, der Georg ist ein freier Mann und nicht an Frau und Kinder gebunden. Er hat wohl eine große Reise gemacht, ja vielleicht kommt er vom Nordpol, er sieht bleich und erfroren aus.‹

Er betrachtet den Fuhrmann genau, denn in dessen Ausdruck liegt etwas, was er bisher nicht an ihm gekannt hat. Aber es muß der Georg sein, sein alter Kamerad und Saufkumpan, es ist nicht anders möglich. Er erkennt ihn an dem großen Kopf und der Adlernase, an dem mächtigen schwarzen Schnurrbart und dem spitzen Kinnbart. Wer ein Aussehen hat wie ein flotter Sergeant, ja man könnte sagen, ein Aussehen, auf das jeder General stolz sein würde, darf sich nicht der Hoffnung hingeben, von einem alten Bekannten nicht wieder erkannt zu werden.

›Was sagst du da, David?‹ beginnt der Mann von neuem. Hast du sagen hören, Georg sei im vorigen Jahr gerade in der Neujahrsnacht in einem Krankenhaus zu Stockholm gestorben? Weißt du, mir ist, als habe ich es auch gehört, aber wir beide haben uns nicht zum erstenmal getäuscht. Denn der Fuhrknecht hier ist der Georg, wie er leibt und lebt. Sieh ihn nur an, jetzt, wo er aufsteht. Ist das vielleicht nicht der Georg mit dem kleinen ärmlichen Körper, der nie mit seinem Korporalskopf übereinstimmte? Ja, was sagst du nun, David? Hast du gesehen, als er vom Karren heruntersprang, flog sein Mantel so weit auseinander, daß sein alter langer zerlumpter Rock, der ihm immer bis auf die Fersen herunterhing, zum Vorschein kam? Und zugeknöpft bis zum Hals hinauf war er, David, genau wie immer, und das große rote Halstuch wedelte ihm um den Hals, aber ebenso wie früher war keine Spur von Hemd oder Weste da.‹

Der Gelähmte fühlt sich ganz aufgemuntert. Er hatte laut lachen können, wenn es ihm überhaupt möglich gewesen wäre, ein Lachen hervorzubringen.

›Wenn wir beide, du und ich, David, einmal wieder zu Kräften kommen, wollen wir dem Georg diesen Spaß heimzahlen. Es ist ihm mit diesem Aufzug fast gelungen, mir den Verstand in die Luft zu sprengen, wie wenn er Dynamit darunter gelegt hatte. Aber es gehörte auch so ein Kerl wie der Georg dazu, um darauf zu verfallen, sich so einen Gaul und so einen Karren zu verschaffen und damit bis zur Kirche herzufahren. Nicht einmal du, David, wärst imstand gewesen, so einen schnurrigen Aufzug auszuhecken. Ja, ja, der Georg ist dir immer über gewesen.‹

Der Fuhrmann ist indessen zu dem am Boden Liegenden getreten und betrachtet ihn. Sein Gesicht ist starr und ernst. Es ist ihm durchaus nicht anzusehen, ob er weiß, wen er vor sich hat.

›Ein paar Punkte sind doch noch da, über die ich durchaus nicht ins Reine kommen kann‹, denkt der Mann. ›Erstens, wie der Georg herausgebracht hat, daß ich und die Kameraden uns hier auf dem Rasen niedergelassen haben, so daß er auf die Idee kam, hierher zu fahren, um uns zu erschrecken. Zweitens, daß er sich in die Gestalt des Fuhrknechts des Todes zu verkleiden gewagt hat, vor dem er doch immer so große Angst hatte.‹

Jetzt beugt sich der Fuhrmann über den Daliegenden, aber immer noch mit demselben fremden Ausdruck.

»Der Ärmste hier wird nicht sehr froh sein, wenn er erfährt, daß er mich ablösen muß«, hört David ihn vor sich hinmurmeln.

Auf die Sense gestützt, beugt er das Gesicht immer tiefer herab, und im nächsten Augenblick erkennt er seinen Kameraden. Da bückt er sich ganz hinunter und sieht ihm in die Augen.

»Ach, ach, es ist David Holm!« ruft er aus. »Das war das einzige, von dem ich glaubte, es würde mir erspart bleiben.«

*   *
 *

»Ach, David, daß du es bist, daß du es bist!« stöhnt er, indem er die Sense wegwirft und neben dem Daliegenden in die Knie sinkt. »Während dieses ganzen Jahres«, fährt er mit großer Herzlichkeit und tiefer Betrübnis fort, »hab’ ich immer gewünscht, Gelegenheit zu bekommen, dir nur ein einziges Wort zu sagen, ehe es zu spät ist. Einmal wäre es mir beinahe geglückt, aber du hast mir widerstanden, so daß ich nicht bis zu dir hingelangen konnte. Ich glaubte, ich würde es jetzt in der nächsten Stunde, gleich wenn ich von meinem Dienst abgelöst wäre, tun können, aber nun liegst du schon hier! Und jetzt komme ich zu spät, um dir zu sagen, du sollest dich in acht nehmen.«

David Holm hört dies alles mit unbeschreiblichem Erstaunen.

›Was meint er nur?‹ denkt er. ›Er redet ja, wie wenn er tot wäre. Und wann soll denn das gewesen sein, wo er mir nahe war und ich ihm widerstanden hätte? Aber es ist ja wahr‹, beruhigt er sich, ›er muß ja so reden, wie es zu seiner Verkleidung paßt.‹

Nun fängt der Fuhrmann wieder an zu sprechen, und zwar mit tief bewegter Stimme.

»Ach, David, meinst du, ich wisse nicht, wie viel Schuld ich daran trage, daß es ein solches Ende mit dir genommen hat? Wenn du mir nicht begegnet wärst, hättest du auch fernerhin ein ruhiges, rechtschaffenes Leben geführt. Du hättest dich mit deiner Frau zum Wohlstand heraufgearbeitet; nichts hätte euch daran gehindert, denn ihr wäret beide junge, tüchtige Leute. Du kannst versichert sein, David, während dieses ganzen letzten endlosen Jahres ist nicht ein einziger Tag vergangen, ohne daß ich voller Angst darüber nachgedacht hätte, daß ich es war, der dich von deinem fleißigen Lebenswandel weggelockt und dich meine eigenen schlechten Gewohnheiten gelehrt hat. Ach, ach«, fährt er fort, indem er dem Freunde zärtlich übers Gesicht streicht, »ich fürchte, du bist noch weiter vom Guten abgekommen, als ich tatsächlich weiß. Wie hätten sich sonst diese furchtbaren Linien um deine Augen und deinen Mund eingegraben?«

David Holms gute Laune fängt an, sich in Ungeduld zu verwandeln.

›Laß es jetzt des Scherzes genug sein, Georg‹, denkt er. ›Geh lieber und hole jemand herbei, der dir helfen kann, mich auf den Karren zu heben, und fahr’ mich so rasch du kannst nach dem Lazarett.‹

»Ich nehme an, daß du weißt, was ich in diesem Jahr zu tun gehabt habe, David«, sagt der Fuhrmann. »Und du weißt auch, was das für ein Karren und was es für ein Pferd ist, die mich hergebracht haben. Ich brauche dir auch nicht erst zu sagen, wer nach mir die Sense hier ergreifen und die Zügel führen soll. Aber, David, bedenke wohl und vergiß es nicht, ich bin es nicht, der dich zu diesem Schicksal bestimmt hat. Denk doch, während dieses ganzen entsetzlichen Jahres, das dich erwartet, nie und nimmer, ich hätte meinen eigenen Willen gehabt und es vermeiden können, heute nacht mit dir zusammenzutreffen. Sei überzeugt, wenn es möglich gewesen wäre, hätte ich alles getan, um es dir zu ersparen, dasselbe durchmachen zu müssen wie ich.«

›Vielleicht ist Georg tatsächlich verrückt geworden‹, denkt David Holm. ›Sonst müßte er doch begreifen, daß es sich für mich um Leben und Tod handelt, und er nicht auf diese Weise saumselig sein dürfte.‹

Doch in dem Augenblick, wo David Holm also denkt, sieht ihn der Fuhrmann unsäglich wehmütig an.

»Du brauchst dich nicht aufzuregen, weil du nicht ins Lazarett gebracht wirst, David. Wenn ich zu einem Kranken gekommen bin, ist es zu spät für ärztliche Hilfe.«

›Ich glaube, heute nacht sind alle Teufel losgelassen, um ihren Spuk mit mir zu treiben‹, denkt David Holm. ›Wenn nun endlich ein Mensch daherkommt, der mir helfen könnte, dann ist er entweder verrückt oder so heimtückisch, daß es ihm ganz einerlei ist, ob ich zugrunde gehe.‹

»Ich möchte dich an ein Vorkommnis vom vorigen Sommer erinnern, David«, fährt der Fuhrmann fort. »Es war an einem Sonntagnachmittag, da bist du durch ein schönes, breites Tal gewandert, wo dir überall, so weit das Auge reichte, große Äcker und schöne Höfe mit blühenden Baumwipfeln entgegenlachten. Es war ein erstickend heißer Nachmittag, wie sie manchmal im Hochsommer vorkommen, und ich glaube, es fiel dir auf, daß du in der ganzen Umgegend das einzige Wesen warst, das sich bewegte. Die Kühe standen regungslos auf den Weiden und wagten sich nicht von den schattenspendenden Bäumen weg, und die Menschen waren alle miteinander verschwunden. Sie mußten sich unter Dach geflüchtet haben, um der Hitze zu entgehen. Sag, war es nicht so, David?«

›Das ist wohl möglich‹, denkt der Mann. ›Aber ich bin doch so oft bei Hitze und Kälte unterwegs gewesen, wie soll ich mich da an ein einzelnes Mal erinnern können?‹

»Und, David, gerade als die Stille ringsum am größten war, hast du dicht hinter dir plötzlich ein Knirschen gehört. Du hast dich umgedreht, weil du glaubtest, es fahre jemand hinter dir her, konntest aber niemand sehen. Du hast dich mehrere Male umgeschaut und dachtest, das sei doch das sonderbarste, was dir je vorgekommen sei. Du hörtest das Knirschen ganz deutlich, konntest aber nirgends etwas sehen. Es war heller Tag, nach allen Seiten hin lag die Landschaft offen da, und es war so still, daß dich nicht irgendein anderer Laut getäuscht haben konnte. Es war dir ganz unbegreiflich, wie man das Knirschen eines Wagenrades so deutlich hören könnte, ohne ein Gefährt zu sehen. Aber du wolltest dem Gedanken, es möchte etwas Übernatürliches mit im Spiel sein, durchaus keinen Platz einräumen. Ach, wenn du das nur getan hättest, David, dann hätte ich mich dir damals sichtbar machen können, ehe es zu spät war!«

Ja, jetzt fiel David Holm alles wieder ein. Er erinnerte sich, wie er hinter die Zäune und die Gräben geguckt hatte, um herauszubringen, was denn da hinter ihm herkam. Schließlich hatte er wahrhaftig ein bißchen Angst bekommen und war in einen Bauernhof hineingegangen, nur um dem Unwesen zu entrinnen. Und als er später seinen Weg fortsetzte, war alles wieder still ringsum.

»Dies war das einzige Mal, wo ich dir während dieses ganzen Jahres begegnet bin«, berichtete der Fuhrmann weiter. »Ich tat alles, was ich konnte, damit du mich sehen solltest, war aber nicht imstande, näher zu dir heranzukommen, als daß du das Knirschen hören konntest. Ach, wie ein Blinder bist du neben mir hergegangen!«

›Ja, ja, es ist ganz wahr, ich habe das Knirschen wirklich gehört‹, denkt David Holm. ›Aber was will er damit beweisen? Will er, ich solle glauben, er sei da hinter mir auf dem Wege gefahren? Ich habe die Geschichte vielleicht jemand erzählt, und von dem hat sie Georg wieder erfahren.‹

Der Fuhrmann beugt sich vor über David Holm und sagt in einem Ton, wie wenn er einem kranken Kind zureden wollte:

»Es nützt alles nichts, wenn du dich auch sträubst, David. Du kannst freilich jetzt nicht begreifen, was mit dir vorgegangen ist, das kann man auch nicht von dir verlangen, aber du weißt nur zu gut, daß der, der jetzt mit dir spricht, kein lebendiger Mensch ist. Du hast zwar meinen Tod erfahren, hast aber nicht daran glauben wollen. Und selbst wenn du ihn nicht erfahren hättest, so hast du mich ja jetzt auf dem Karren hierher fahren sehen. Auf diesem Karren, David, fahren keine Lebendigen.«

Damit deutet der Fuhrmann auf das Gefährt, das noch mitten in der Allee steht, und sagt:

»Sieh aber nicht allein den Karren an, David, sondern betrachte auch die Bäume, die dahinter stehen!«

David Holm folgt der Aufforderung, und jetzt zum erstenmal muß er zugeben, daß er etwas sieht, was er nicht erklären kann. Er sieht die jenseits des Weges stehenden Baumstämme der Allee durch den Karren hindurch.

»Du hast früher meine Stimme oft genug gehört«, sagt der Fuhrmann, »und es muß dir darum auffallen, das ich anders spreche als früher.«

Darin muß David Holm dem Fuhrmann unbedingt beistimmen. Georg hatte immer eine schöne Stimme gehabt, und dies ist zwar bei diesem Fuhrmann auch der Fall, aber jedenfalls hat sie einen andern Ton, Sie klingt dünn und hoch und ist nicht leicht zu verstehen. Es ist derselbe Spielmann, der spielt, aber er hat ein anderes Instrument bekommen. Der Fuhrmann streckt die Hand aus, und David Holm sieht einen klaren Wassertropfen, der von den nassen Baumzweigen über ihm herabsinkt, darauffallen. Aber der Tropfen wird nicht aufgehalten, sondern fällt mitten durch die Hand hindurch auf die Erde.

Auf dem Sandweg, gerade vor den beiden, liegt ein abgebrochener Zweig. Der Fuhrmann steckt seine Sense darunter und fährt mit ihr aufwärts durch den Zweig, um ihn, zu zerschneiden. Aber dieser fällt nicht in zwei Teilen zu Boden, sondern bleibt ganz wie zuvor.

»Faß es nicht falsch auf, David, sondern suche es zu verstehen«, sagt der Fuhrmann. »Hier siehst du mich, und du meinst, ich sei noch der frühere Mensch; aber der Körper, den ich jetzt habe, ist so bestellt, daß nur solche, die in den letzten Zügen liegen oder schon gestorben sind, mich sehen können. Deshalb aber denke ja nicht, mein Körper sei nichts. O nein, er dient einer Seele zur Wohnung, gerade wie dein eigener Körper und die der andern Menschen. Du darfst ihn dir nur nicht fest oder schwer oder stark denken. Du mußt ihn dir wie ein Bild vorstellen, das du in einem Spiegel gesehen hast, und dir einzubilden versuchen, es sei aus dem Glas herausgestiegen und könne selbständig sprechen und sehen und sich bewegen.«

David Holms Gedanken leisten keinen Widerstand mehr. Er sieht der Wahrheit gerade in die Augen und findet es nicht mehr der Mühe wert, zu versuchen, ihr aus dem Wege zu gehen. Der Schemen eines Toten ist es, der mit ihm spricht, und sein eigener Körper ist ein Leichnam. Aber in dem Augenblick, wo er das zugibt, fühlt er einen rasenden Zorn in sich aufsteigen.

›Ich will nicht tot sein! Ich will nicht nur ein Schemen und ein Nichts sein!‹ denkt er. ›Ich will eine Faust haben, mit der ich zuschlagen, und einen Mund, mit dem ich essen kann.‹

Und damit verdichtet sich die Wut in ihm zu einer schweren, düsteren Wolke, die in Ekel und Überdruß hin und her wogt und vorerst niemand anders quält als nur ihn allein, aber, sobald sich eine Gelegenheit darbietet, hervorbrechen kann.

»Um etwas möchte ich dich bitten, David, weil du und ich früher gute Freunde zusammen gewesen sind«, sagt der Fuhrmann. »Du weißt ebensogut wie ich, daß für jeden Menschen ein Augenblick kommt, wo sein Körper verbraucht ist, so daß die Seele, die darin gewohnt hat, gezwungen ist, ihn zu verlassen. Aber da zittert und bebt die Seele vor Angst, weil sie sich in ein Land hinauswagen soll, das ihr unbekannt ist. Wie ein kleines Kind, das am Badestrand steht und sich davor fürchtet, sich in die Wogen hinauszuwagen, so ungefähr ist es der Seele zumute. Um sich schließlich hinauszutrauen, muß sie eine Stimme vernehmen von jemand, der schon die Ewigkeit erreicht hat, damit sie begreift, daß keine Gefahr dabei ist, sondern sich losreißt. Eine solche Stimme bin ich nun ein ganzes Jahr lang gewesen, David, und eine solche Stimme mußt du nun in dem eben angebrochenen auch sein. Und um was ich dich bitten möchte, ist, daß du dich gegen das, was dir bestimmt ist, nicht auflehnst, sondern es mit Ergebung hinnimmst, sonst bringst du schweres Leiden über dich und auch über mich.«

Der Fuhrmann senkt, als er dies sagt, den Kopf, um David Holm in die Augen zu sehen. Es sieht fast aus, als erschrecke er beim Anblick des Trotzes und Widerstandes, der ihm da entgegenschlägt.

»Vergiß nicht, David«, fährt er noch eindringlicher und überredender fort, »dies ist nicht etwas, dem du entgehen kannst. Ich weiß noch nicht viel davon, wie es sich mit den Dingen des Jenseits verhält, bis jetzt habe ich mich sozusagen nur an der Grenze aufgehalten, aber so viel hab ich erkannt, daß es da keine Schonung gibt. Man muß das tun, was einem aufgetragen wird, ob man es mit oder gegen den Willen tut.«

Wieder schaut er David Holm in die Augen, aber nichts anderes sieht ihm daraus entgegen als die großen düsteren Zorneswolken.

»Ach, David, ich will ja nicht behaupten, daß es nicht die gräßlichste Aufgabe sei, die jemand zugeteilt werden kann, wenn er auf diesem Karren sitzen und mit diesem Gaul von Hof zu Hof fahren muß. Wo immer der Fuhrmann hinkommt, überall erwarten ihn Tränen und

Klagen, nichts anderes bekommt er zu sehen als Krankheit und Zerstörung, Wunden und Blut und Schrecken. Und das ist vielleicht noch lange nicht das schwerste. Viel schlimmer ist der Anblick dessen, was in dem Innern verborgen ist, das, was sich windet, sich in Reue verzehrt und sich vor dem fürchtet, was kommen wird. Ja noch mehr: ich habe dir gesagt, daß der Fuhrknecht nur an der Grenze steht; ihm geht es wie den Menschen, er meint nur Ungerechtigkeit und Enttäuschungen und ungleiche Verteilung und erfolgloses Streben und Willkür zu sehen. Er kann nicht so weit ins Jenseits hineinschauen, um zu erkennen, ob sich dort eine Absicht und eine planmäßige Leitung findet. Manchmal sieht er einen Schimmer davon, aber meistens muß er sich durch Dunkel und Zweifel hindurchkämpfen. Und noch etwas sollst du bedenken David: nur ein Jahr lang muß der Fuhrknecht den Totenkarren fahren; aber dabei wird die Zeit nicht nach irdischen Stunden und Minuten gemessen, sondern damit er überall hingelangen kann, wo ihn seine Vorschrift hinruft, wird die Zeit in die Länge gezogen, und das eine Jahr wird so lang wie hundert und tausend andere. Und dazu kommt noch etwas: obgleich der Fuhrmann weiß, daß er nur das tut, was ihm zu tun befohlen ist, so kann sich niemand einen Begriff davon machen, wie widerwärtig, wie überdrüssig er sich selbst ist und für wie verworfen er sich seiner Aufgabe wegen hält. Aber am schlimmsten, am allerschlimmsten, David, ist doch, daß der Fuhrmann bei seinen Fahrten auch den Folgen von vielem Bösen begegnet, das er während seiner irdischen Wanderschaft begangen hat, denn wie sollte er dem entgehen können – – –«

Die Stimme des Fuhrmanns geht fast in ein. Schreien über, und er faltet die Hände in großer Angst. Gleich darauf muß er indes gemerkt haben, daß ihm nur kalter Hohn von seinem früheren Freunde entgegenströmt, und er zieht den Mantel zu, wie wenn ihn fröre. Dann fährt er noch eindringlicher fort:

»Aber, David, ich sage dir, wie schwer das, was dich erwartet, auch immer sein mag, so solltest du dich doch nicht dagegen auflehnen, wenn du es für dich und auch für mich nicht schlimmer machen willst, als es schon ist. Denn ich darf dich jetzt nicht dir selbst überlassen, sondern es ist meine Aufgabe, dich in deine Tätigkeit einzuführen, und ich fürchte, ich fürchte, dies ist das schwerste, was mir auferlegt worden ist. Du kannst mir Widerstand leisten, so lange du willst, du kannst mich Wochen und Monate lang bei der Sense festhalten, ja, sogar bis zur nächsten Neujahrsnacht. Mein Jahr ist abgelaufen, aber ich bekomme meine Freiheit nicht eher, als bis ich dich gelehrt habe, dein Amt gutwillig zu tun.«

Während aller dieser Mitteilungen hat der Fuhrmann immer noch neben David Holm auf den Knien gelegen, und alle seine Worte haben durch die große Innigkeit, mit der sie ausgesprochen worden sind, ein noch größeres Gewicht bekommen. Er wartet noch einen Augenblick und forscht nach einem Zeichen, daß seine Worte gewirkt haben; aber bei dem früheren Kameraden ist nur der feste Entschluß lebendig, bis aufs äußerste Widerstand zu leisten.

›Ich muß am Ende doch tot sein, und daran kann ich ja nichts ändern‹, denkt er; ›aber nichts soll mich dazu bringen, etwas mit dem Totenkarren und dem Totengaul zu schaffen zu haben. Sie müssen eine andere Arbeit für mich ersinnen; mit diesem Zeug will ich mich nicht befassen.«

Der Fuhrmann ist im Begriff aufzustehen, als ihm plötzlich noch etwas einfällt, das er David Holm noch sagen müßte.

»Bedenke, David, bis jetzt hat nur der Georg mit dir gesprochen; aber jetzt bekommst du es mit dem Fuhrmann zu tun. Du weißt recht wohl von früher her, an wen man denkt, wenn man von dem spricht, der kein Verschonen kennt.«

Und im nächsten Augenblick steht er mit der Sense in der Hand und die Kapuze übers Gesicht hereingezogen aufrecht da.

»Gefangener, komm aus deinem Gefängnis heraus!« ruft er mit lauter, eherner Stimme.

Sofort richtet sich David Holm vom Boden auf. Er weiß nicht, wie es zugegangen ist, aber plötzlich steht er aufrecht da. Er schwankt, und die Bäume und die Kirche scheinen sich vor ihm im Kreise zu drehen, aber er findet doch rasch das Gleichgewicht wieder.

»Sieh dich um, David Holm!« befiehlt ihm eine starke Stimme; und er gehorcht in der Verwirrung des Augenblicks.

Vor ihm auf der Erde liegt lang ausgestreckt ein großer Mann von kräftigem Körperbau, der aber in schmutzige Lumpen gehüllt ist. Von Blut und Erde beschmiert, von leeren Flaschen umgeben, mit einem erhitzten, aufgedunsenen Gesicht, von dessen ursprünglichen Zügen man sich keine rechte Vorstellung mehr machen kann, liegt der Mann am Boden. Ein flackernder Lichtschein von den ziemlich entfernten

Laternen wirft einen haßerfüllten widerwilligen Glanz in die schmalen Augenöffnungen.

Vor dieser liegenden Gestalt aber steht David Holm selbst. Auch er ist ein großer Mann von prächtigem Körperbau. Die alten häßlichen schmutzigen Kleidungsstücke, die der Tote trägt, hat auch er an. Er steht vor diesem andern als sein Doppelgänger.

Aber doch nicht ganz ein Doppelgänger, denn er ist ein Nichts. Oder es ist vielleicht unrichtig, wenn man ein Nichts sagt, nein, besser ist der Ausdruck ein Bild. Ein Bild von dem andern, das sich in einem Spiegel gezeigt hat und nun aus dem Glas herausgestiegen ist und lebt und sich bewegt.

David Holm wendet sich hastig ab. Da steht Georg, und nun sieht er, daß auch dieser ein Nichts ist, nur ein Abbild von dem Körper, den er einmal besessen hat.

»Du Seele, die du in dem Augenblick die Herrschaft über deinen Körper verloren hast, wo die Glocke in der Neujahrsnacht zwölf Uhr schlug, mußt mich jetzt in meinem Amt ablösen!« sagt Georg. »Du mußt während des eben angebrochenen Jahres die Seelen aus dem Irdischen befreien!«

Bei diesen Worten findet David Holm sich selbst wieder. In wütendem Zorn stürzt er sich auf den Fuhrmann; er greift nach dessen Sense, um sie zu zerbrechen, und nach dessen Mantel, um ihn zu zerreißen.

Da fühlt er, wie seine Hände niedergedrückt und die Beine unter ihm weggerissen werden. Dann werden seine Handgelenke mit etwas Unsichtbarem umwunden, das sie zusammenfesselt, und ebenso auch seine Fußgelenke.

Darauf fühlt er sich emporgehoben und wie eine tote Ware gefühllos in den Karren geworfen, wo man ihn liegen läßt, ohne daß jemand fragt, wie er zu liegen gekommen sei.

Im nächsten Augenblick setzt sich der Karren in Bewegung.

5.

Es ist ein schmales, niederes aber ziemlich geräumiges Zimmer in einem Haus der Vorstadt, einem Haus, das so klein ist, daß es von diesem einen Raum sowie einem zweiten kleineren, der als Schlafstube dient, ganz eingenommen wird. Das Zimmer wird von einer Hängelampe erhellt, und bei deren Schein kann man sehen, daß es ein behaglich und freundlich ausgestattetes Gemach ist. Und nicht genug damit: es ist auch ein vergnügliches Zimmer, das meist ein Lächeln auf die Lippen dessen ruft, der es zum erstenmal betritt. Man sieht nämlich gleich, daß die Bewohner sich ein Vergnügen daraus gemacht haben, es so zu möblieren, daß es eine ganze Wohnung vorstellen soll. Der Eingang ist auf der einen Giebelseite, und dicht neben der Tür steht ein kleiner Kochherd. Hier ist also die Küche, und da ist alles beisammen, was zur Kücheneinrichtung gehört. Die Mitte des Zimmers ist als Eßzimmer eingerichtet, mit einem runden Eßtisch, einigen eichenen Stühlen, einer hohen Kastenuhr und einem kleinen Schrank für Porzellan und Glas. Hierher gehört natürlich auch die Hängelampe, die gerade über dem runden Tisch hängt, aber auch zur Erleuchtung der guten Stube dient, dem innersten Teil des Raumes mit dem Mahagonisofa und dem kleinen Tisch davor, dem geblümten Tischteppich, der Palme in ihrer prachtvollen Porzellanvase und den unzähligen Photographien.

Meistens denken die Leute, die in diesen Raum eintreten, zu wieviel Scherz und Fröhlichkeit diese Art von Möblierung Veranlassung gegeben haben muß. Wenn ein guter Bekannter von der Straße hereinkam, hatte man sich den Spaß gemacht, ihn durch den ganzen Raum hindurch bis in die gute Stube zu führen und dann um Entschuldigung gebeten, daß man ihn allein lasse, während man selbst gezwungen sei, in die Küche zu gehen. Am Mittagstisch, der so nahe an der Küchenabteilung steht, daß man da die Hitze vom Herd recht wohl fühlt, hatte man wohl oftmals mit großer Feierlichkeit gesagt: »Nein, nun müssen Sie klingeln, damit das Mädchen kommt und die Teller abnimmt.« Und wenn ein Kind in der Küche weinte, hatte man es mit dem Witz zum Lachen gebracht, daß es doch ja nicht so laut schluchzen soll, damit der Vater, der in einem der inneren Zimmer sitze, es nicht höre.

Ja, wie gesagt, solche Gedanken stiegen gewöhnlich bei den Leuten, die das Zimmer zu sehen bekamen, auf; aber bei denen, die in der Neujahrsnacht, eine kleine Weile nach dem Jahreswechsel in diesen Raum treten, erweckt der Anblick ganz gewiß keine solchen leichten, fröhlichen Betrachtungen. Nenn herein kommen zwei so verkommene und zerlumpte Männer, daß man sie für gewöhnliche Landstreicher hätte halten können, wenn nicht der eine einen langen schwarzen Mantel über seinen Lumpen getragen und in der Hand eine lange schartige Sense gehalten hätte. Dies ist eine ungewöhnliche Ausstattung für einen Landstreicher, und noch eigentümlicher ist die Art, wie er hereinkommt; denn er dreht nicht den Schlüssel um und öffnet auch nicht den kleinsten Spalt an der Tür, sondern geht geradenwegs durch sie hindurch, obgleich sie fest geschlossen ist.

Der andere Mann trägt kein erschreckendes Abzeichen; aber als er hereinkommt, und zwar nicht selbst gehend, sondern auf ganz seltsame Weise von seinem Gefährten hereingeschleppt, macht er einen noch erschreckenderen Eindruck als der erste. Obgleich er an Händen und Füßen gefesselt ist und von seinem Kameraden mit äußerster Verachtung auf den Boden geschleudert wird, wo er wie ein dunkler Haufen Lumpen und Elend liegen bleibt, flößt er doch durch die wilde Wut, die aus seinen Augen funkelt und sein Gesicht verzerrt, Entsetzen ein.

Die beiden Männer finden bei ihrem Eintritt das Zimmer nicht leer, sondern sehen, daß an dem runden Tisch in der Eßzimmerabteilung ein junger Mann mit weichen Zügen und einem kindlich treuherzigen Blick, sowie eine etwas ältere aber kleine zarte Frau sitzen. Der Mann trägt ein rotes Trikotüberhemd, auf dem mit großen, in die Augen fallenden Buchstaben das Wort »Heilsarmee« quer über die Brust gestickt ist. Die Frau ist schwarz gekleidet und ohne ein Abzeichen, aber vor ihr auf dem Tisch liegt ein Hut von der gewöhnlichen Form der Heilsarmee, und der tut zu wissen, daß auch die Frau zu dieser gehört.

Die beiden sind tiefbetrübt; die Frau weint leise vor sich hin und wischt sich ein Mal übers andere mit einem schon ganz nassen, zerknüllten Taschentuch die Augen. Sie tut es ungeduldig, wie wenn ihr die Tränen im Wege wären und sie an etwas anderem, das sie zu besorgen hat, hinderten. Auch die Augen des Mannes sind von Weinen gerötet, aber jetzt, in Gegenwart eines anderen, läßt er seinen Schmerz nicht Herr werden.

Die beiden sagen ab und zu ein paar Worte zueinander, und aus diesen Worten ersieht man, daß ihre Gedanken in einem andern Zimmer bei einer Kranken sind, die sie eine Weile verlassen haben, damit ihre Mutter mit ihr allein sein könne. Aber so sehr sie auch mit der Kranken beschäftigt sind, erscheint es doch merkwürdig, daß keines von ihnen auf irgendeine Weise Notiz von den beiden eben hereingekommenen Männern nimmt. Diese verhalten sich allerdings vollkommen still und ruhig, der eine steht aufrecht, sich an den Türpfosten lehnend, da, der andere liegt vor ihm auf dem Boden. Aber man sollte doch meinen, die beiden am Tisch hätten sich über diese Gäste, die mitten in dunkler

Nacht durch verschlossene Türen hereingekommen sind, verwundern müssen.

Wenigstens verwundert sich der am Boden liegende Mann, daß die beiden einmal ums andere nach der Seite hinsehen, wo er und sein Gefährte sich befinden, ohne daß sie sie wahrzunehmen scheinen. Er selbst sieht alles, und als er vorhin durch die Stadt fuhr, kam ihm noch alles ganz so vor, wie er es mit seinen menschlichen Augen gesehen hatte, ihn aber kann niemand sehen. Der Mann hat in seiner Wut auch daran gedacht, sich seinen Feinden unter den Menschen so, zu zeigen, wie er jetzt ist, um ihnen einen Schrecken einzujagen, aber er merkt, daß er sich ihnen nicht einmal sichtbar machen kann.

Er ist früher noch nie in diesem Zimmer gewesen, erkennt aber die beiden, die am Tisch sitzen, und ist deshalb nicht im allergeringsten Zweifel darüber, wo er sich befindet. Wenn etwas seine Wut noch steigern kann, so ist es das Bewußtsein, nun doch gegen seinen Willen an den Ort geführt worden zu sein, wohin zu gehen er sich den ganzen Tag hindurch gesträubt hat.

Plötzlich schiebt der Heilsarmeesoldat am Tisch drüben seinen Stuhl zurück.

»Es ist jetzt Mitternacht vorüber«, sagte er. »Die Frau meinte, er werde um diese Zeit heimkommen. Ich will jetzt hingehen und noch einen Versuch machen, ihn hierherzubringen.«

Damit steht er langsam und widerwillig auf und greift nach seinem Rock, der hinter ihm auf dem Stuhl hängt, um ihn anzuziehen.

»Ich begreife wohl, daß Sie meinen, es habe keinen Wert, noch einmal nach ihm zu gehen«, sagt die junge Person, die noch immer mit den hervordringenden Tränen kämpft, die ihre Stimme zu ersticken drohen. »Aber, Gustavsson, Sie müssen bedenken, dies ist der letzte Dienst, den Schwester Edith von uns begehrt.«

Der Heilsarmeesoldat hält in dem Augenblick, wo er den Arm ins Armloch stecken will, inne und sagt:

»Schwester Maria, es kann ja wahr sein, daß dies der letzte Dienst ist, den ich Schwester Edith erweisen kann; aber es wäre mir jedenfalls am liebsten, wenn David Holm nicht daheim wäre, oder wenn er nicht mit mir ginge. Ich habe ihn heute mehrere Male aufgesucht und ihn gebeten, mit mir zu kommen, weil Sie und Hauptmännin Andersson es mir befohlen haben, aber ich bin die ganze Zeit froh gewesen, daß er es mir abgeschlagen hat, und daß es weder mir noch einem der andern gelungen ist, ihn herzubringen.«

Die am Boden liegende Gestalt fährt zusammen als sie ihren Namen hört, und ein häßliches Lächeln fliegt über ihr Gesicht.

›Dieser scheint doch ein bißchen mehr Verstand zu haben als die andern‹, murmelt er.

Schwester Maria betrachtet den Heilsarmeesoldaten und sagt nun ziemlich scharf mit fester, nicht von Tränen erstickter Stimme:

»Es wäre am besten, Gustavsson, wenn Sie David Holm den Auftrag diesmal so ausrichteten, daß er nicht anders könnte, als kommen.«

Der Heilsarmeesoldat geht mit dem Ausdruck eines Menschen, der gehorcht, ohne überzeugt zu sein, nach der Tür.

»Soll ich ihn herführen, auch wenn er sinnlos betrunken ist?« fragt er noch vor dem Hinausgehen.

»Ja, bringen Sie ihn her, Gustavsson, lebend oder tot, hätte ich beinahe gesagt. Im schlimmsten Fall kann er hier übernachten und seinen Rausch ausschlafen. Die Hauptsache ist, daß wir ihn zu fassen kriegen.«

Der Heilsarmeesoldat hat schon die Hand auf die Türklinke gelegt, als er sich plötzlich wieder umwendet und aufs neue an den Tisch tritt.

»Es gefällt mir nicht, daß so ein Kerl wie David Holm hierherkommen soll«, sagt er, und sein Gesicht ist jetzt ganz bleich vor Erregung. »Sie wissen wohl ebensogut wie ich, was er für ein Unmensch ist, Schwester Maria? Meinen Sie etwa, er passe hierher? Oder meinen Sie, er passe da hinein?« fährt er fort, indem er auf eine Tapetentür drüben an der Wohnzimmerabteilung deutet.

»Ob ich meine – – –« beginnt Schwester Maria, aber er läßt sie nicht ausreden.

»Wissen Sie nicht, Schwester Maria, daß er uns nur verspotten wird? Er wird damit prahlen und sagen, eine von den Heilsarmeeschwestern sei so verliebt in ihn gewesen, daß sie nicht habe sterben können, ohne ihn noch einmal gesehen zu haben.«

Schwester Maria sieht rasch auf und öffnet schon die Lippen zu einer heftigen Antwort, unterdrückt diese aber und überlegt.

»Es ist mir unerträglich, daß er sie ins Gerede bringen soll, und vollends wenn sie tot ist!« ruft Gustavsson.

Gleich darauf erwidert Schwester Maria ernst und nachdrücklich:

»Wissen Sie auch ganz gewiß, Gustavsson, ob David Holm nicht am Ende recht hätte, wenn er das sagte?«

Der am Boden liegende, gefesselte Schemen an der Tür fährt zusammen, und ein Gefühl der Freude durchzuckt ihn bei diesen Worten. Er ist selbst höchst überrascht und wirft einen hastigen Blick auf Georg, um zu sehen, ob dieser seine Bewegung wahrgenommen hat. Der Fuhrmann steht unbeweglich da, aber um ganz sicher zu sein, murmelt David Holm etwas davon vor sich hin, wie schade es sei, daß er das nicht bei Lebzeiten gewußt habe. Das wäre etwas gewesen, mit dem er bei den Kameraden hätte ordentlich großtun können.

Der Heilsarmeesoldat wird von dem, was er gehört hat, so verwirrt, daß er unwillkürlich nach der Stuhllehne greift, denn das Zimmer dreht sich vor ihm im Kreise.

»Warum sagen Sie das, Schwester Maria?« fragt er. »Sie werden mich doch nicht glauben machen wollen – – –«

Die Heilsarmeeschwester befindet sich in großer Aufregung. Sie preßt das Taschentuch in ihrer Hand krampfhaft zusammen, während sie ihre Antwort leidenschaftlich und hastig hervorstößt, als ob sie es sehr eilig hätte, sie auszusprechen, ehe die Überlegung sie daran verhindern könnte.

»Wen sollte sie sonst lieb haben? Wir beide, Gustavsson, und alle anderen, die sie kennen gelernt haben, haben uns von ihr bekehren und von ihr gewinnen lassen. Wir haben ihr nicht aufs äußerste widerstanden. Wir haben sie nicht ausgelacht und verspottet. Unsretwegen braucht sie weder Gewissensqual zu leiden noch Reue zu fühlen. Weder Sie noch ich, Gustavsson, sind die Ursache, daß sie nun so daliegt.«

Der Heilsarmeesoldat scheint sich bei diesem Ausbruch zu beruhigen.

»Ich hatte vorhin nicht gedacht, daß Sie von der Liebe zu den Sündern sprächen, Schwester Maria.«

»Das tue ich auch nicht, Gustavsson.«

Bei dieser bestimmten Versicherung durchbebt den einen der Schemen aufs neue ein Gefühl der Freude, das er sich nicht erklären kann. Aber aus Angst, daß sein Zorn, sein wütendes Begehren, Widerstand zu leisten, sich verflüchtigen könnte, sucht er das Gefühl sofort wieder zu unterdrücken. Die Überraschung hat ihn übermannt, er hatte geglaubt, hier würden ihn nur Prediger erwarten, und er beschließt, sich künftig besser vorzusehen.

Schwester Maria hat sich auf die Lippen gebissen, um ihre Gemütsbewegung zu überwinden; jetzt scheint sie rasch einen Entschluß zu fassen.

»Es schadet nichts, wenn ich mit Ihnen darüber rede, Gustavsson«, sagt sie. »Jetzt, wo sie am Sterben ist, schadet nichts mehr. Setzen Sie sich noch eine Weile, dann will ich Ihnen erklären, wie ich es meine.«

Der Heilsarmeesoldat zieht seinen Rock wieder aus und setzt sich aufs neue an den Tisch. Ohne ein Wort zu sagen, betrachtet er die Schwester erwartungsvoll mit seinen schönen treuherzigen Augen; und Schwester Maria beginnt:

»Zuerst will ich Ihnen erzählen, wie Schwester Edith und ich den letzten Silvesterabend verbracht haben. Im vorhergehenden Herbst war vom Hauptquartier bestimmt worden, daß hier in der Stadt eine Rettungsstation errichtet werden soll, und wir beide waren hergeschickt worden, um sie in Gang zu setzen. Wir hatten ungeheuer viel Arbeit gehabt; aber die Brüder und Schwestern hatten uns so treulich wie nur möglich geholfen, und am Silvesterabend waren wir soweit, daß wir einziehen konnten. Die Küche und Schlafsäle waren schon in Ordnung, und wir hatten gehofft, die Rettungsstation am Neujahrsfest selbst eröffnen zu können, aber es ging nicht, weil der Desinfektionsofen und die Waschküche noch nicht fertig waren.«

Schwester Maria hat zuerst nur mit großer Anstrengung das Weinen zurückhalten können; aber je weiter sie in ihrer Erzählung kommt und von der Gegenwart weggeführt wird, desto mehr wird sie Herr ihrer Tränen, und ihre Stimme wird immer deutlicher.

»Sie gehörten damals noch nicht zur Armee, Gustavsson, sonst hätten Sie auch an dem frohen Silvesterabend teilnehmen dürfen«, sagt sie. »Einige von den Brüdern und Schwestern waren zu uns gekommen, und wir luden sie zum erstenmal in dem neuen Heim zum Tee ein. Sie können sich gar nicht denken, wie glücklich Schwester Edith war, daß sie hier eine Rettungsstation hatte errichten dürfen, hier, wo sie daheim war und alle armen Leute kannte und wußte, wo jeder einzelne wohnte. Sie ging umher, betrachtete unsere wollenen Decken und Matratzen und unsere frisch gestrichenen Wände und unsere blanken Kochtöpfe mit solcher Freude, daß wir sie ein wenig auslachten. Ach, sie war glücklich wie ein Kind, wie man zu sagen pflegt. Und Sie wissen wohl, Gustavsson, wenn Schwester Edith froh ist, werden es alle andern auch.«

»Halleluja, ja das weiß ich«, sagt Gustavsson.

»Die Freude dauerte solange, als die Gäste da waren«, fuhr Schwester Maria fort. »Aber als sie sich verabschiedet hatten, überkam Schwester Edith große Angst vor allen dem Bösen, das es auf der Welt gibt, und sie sagte zu mir, ich solle mit ihr beten, daß es uns nicht zu übermächtig werde. Wir knieten dann nieder und beteten für unsere Station und für uns selbst und für alle die, denen wir zu helfen hofften. Und während wir noch im Gebet auf den Knien lagen, klingelte es an der Haustüre.

Die andern waren noch nicht lange gegangen, und wir sagten zu einander, vielleicht habe eines von ihnen etwas vergessen, das es nun zu holen komme, der Vorsicht halber aber gingen wir miteinander ans Tor hinunter. Als wir aufmachten, stand indes keiner von den Freunden vor uns, sondern einer von denen, für die unser Haus eingerichtet worden war.

Und ich sage Ihnen, Gustavsson, als er da am geöffneten Tor stand, zerlumpt und groß und so betrunken, daß er schwankte, machte er mir einen ganz entsetzlichen Eindruck, und mir wurde angst und bange. Ich hätte es auch fürs beste gehalten, wenn wir gesagt hätten, die Station sei noch nicht eröffnet, und ihn unter diesem Vorwand nicht aufgenommen hätten. Aber Schwester Edith freute sich und meinte, Gott habe ihr einen Gast geschickt. Sie glaubte, der Herr wolle uns damit zeigen, daß er in Gnaden auf unsere Arbeit sehe, und so ließ sie den Mann eintreten. Sie bot ihm ein Abendessen an; aber er fluchte und sagte, er wolle nur schlafen. Er durfte dann in den Schlafsaal, wo er sich gleich auf eine Pritsche warf, dann den Rock wegschleuderte und schon im nächsten Augenblick fest schlief.«

›Ei so, du hast dich damals vor mir gefürchtet‹, sagt David Holm vor sich hin, aber nicht, ohne zu hoffen, daß er noch immer derselbe David Holm sei wie vorher. ›Es ist doch schade, daß du mich nicht so sehen kannst, wie ich jetzt bin. Da würde ich dir wohl einen tödlichen Schrecken einjagen.‹

»Schwester Edith wollte dem ersten, der zu uns auf die Station kam, eine ganz besondere Freundlichkeit erweisen«, fährt Schwester Maria fort, »und ich sah, daß sie enttäuscht war, als der Mann so schnell einschlief. Aber im nächsten Augenblick war sie schon wieder froh, denn ihr Blick war auf seinen Rock gefallen. Ach, Gustavsson, ich glaube, ich habe in meinem ganzen Leben keinen so schmutzigen, zerlumpten Rock gesehen. Er roch nach Schnupftabak und Branntwein, ja, er war so, daß man ihn nicht mit einem Stecken hätte anfassen mögen. Als nun Schwester Edith näher trat und den Rock betrachtete, überfiel mich die vorige Angst aufs neue, und ich bat sie, ihn doch liegen zu lassen, da wir weder den Ofen noch die Waschküche so weit in Ordnung hätten, daß wir die Bakterien unschädlich machen könnten.

Aber Sie begreifen, Gustavsson, dieser Mann war für Schwester Edith vom ersten Augenblick an wie von Gott geschickt, und es deuchte ihr eine schöne Arbeit, wenigstens eines seiner Kleidungsstücke herzurichten. Es gelang mir nicht, sie davon abzuhalten, und ich durfte ihr auch nicht dabei helfen. Nein, ich hätte ja selbst gesagt, der Rock könnte Ansteckungsstoffe in sich tragen, deshalb dürfe ich ihn unter keinen Umständen anrühren. Sie sei verantwortlich für mich, weil ich ihr unterstellt sei, und sie müsse aufpassen, daß ich nichts Gesundheitsschädliches vornehme. Sie selbst aber setzte sich hin und flickte und nähte die ganze Neujahrsnacht hindurch an dem Rock.«

Der Rettungssoldat auf der anderen Seite des Tisches hebt die Hände empor und schlägt sie begeistert zusammen.

»Halleluja!« sagt er. »Gott sei Lob und Dank für Schwester Edith.«

»Amen, Amen!« fällt Schwester Maria ein, und ihr Gesicht strahlt in plötzlicher Verzückung. »Ja, Gott sei Lob und Dank für Schwester Edith – das sollten wir immer sagen, in Freude wie in Leid. Gott sei Lob und Dank, daß sie so war! Da saß sie die ganze Nacht hindurch über diesen Rock gebeugt und nähte ebenso glücklich daran, wie wenn es ein Königsmantel gewesen wäre.«

Dem Schemen, der David Holm war, ist es, als liege eine seltsame Ruhe und Beruhigung in der Vorstellung, daß das junge Mädchen da in der stillen Nacht aufgesessen und an dem Rock des verkommenen Landstreichers genäht hat. Nach allem, was ihn geärgert und empört hat, enthält dies etwas Heilendes und Lebendes. Wenn nur der Georg nicht hinter ihm stünde, düster und unbeweglich, aber jede seiner Bewegungen scharf beobachtend, dann hätte er gerne lange darüber nachgedacht.

»Gott sei Lob und Dank«, fährt die Rettungsschwester fort, »Schwester Edith hat nie bereut, daß sie in jener Nacht aufgesessen und bis morgens vier Uhr Knöpfe angenäht und Risse zugestopft hat, ohne an all den Schmutz und die ansteckenden Bakterien zu denken, die sie da einatmete! Gott sei Lob und Dank, sie hat es nie bereut, daß sie in einem Zimmer saß, in das die strenge Winterkälte hereindrang und sie, als sie zu Bett ging, durch und durch erfroren war!«

»Amen, Amen!« sagt der Rettungssoldat seinerseits.

»Sie war ganz starr und steif, als sie endlich aufhören konnte«, sagt Schwester Maria. »Ich hörte, wie sie sich mehrere Stunden lang in ihrem Bett drehte und wendete, ohne warm zu werden. Schließlich war sie kaum eingeschlafen, als es auch schon wieder Zeit zum Aufstehen war; aber da überredete ich sie, liegen zu bleiben und mich für den Gast sorgen zu lassen, falls er aufstünde, ehe sie ganz ausgeschlafen hätte.«

»Sie sind ihr immer eine treue Freundin gewesen, Schwester Maria«, wirft Gustavsson ein.

»Es war Schwester Edith eine große Entsagung, das weiß ich wohl«, fährt Schwester Maria mit dem Anflug eines Lächelns fort, »aber sie tat es meinetwegen. Sie durfte indes nicht sehr lange liegen bleiben, denn als der Mann seinen Kaffee trank, fragte er, ob ich seinen Rock geflickt hätte, und als ich es verneinte, bat er mich, doch die Schwester zu holen, die ihm geholfen habe.

Er war da nüchtern und friedfertig und wußte seine Worte besser zu setzen, als solche Leute es sonst tun; und da ich wußte, welche Freude es für Schwester Edith wäre, wenn er ihr selber danken würde, ging ich, sie zu holen. Als sie kam, sah sie nicht aus, als habe sie die ganze Nacht gewacht; ein zartes Rot lag auf ihren Wangen, und sie sah in ihrer frohen Erwartung so schön aus, daß den Mann bei ihrem Anblick eine Art Bestürzung überkam. Er hatte mit einem so boshaften Ausdruck an der Tür gestanden, daß ich gefürchtet hatte, er wolle sie schlagen; als aber Schwester Edith eintrat, klärte sich sein Gesicht auf. ›Das ist nicht gefährlich‹, dachte ich. ›Er tut ihr nichts. Ihr kann niemand etwas zu leid zu‹.«

»Halleluja, Halleluja!« stimmt der Heilsarmeesoldat bei.

»Aber plötzlich verdüsterte sich sein Gesicht wieder, und als Schwester Edith vor ihm stand, riß er den kurzen Rock, den er trug, so jäh auf, daß die neu angenähten Knöpfe absprangen. Dann steckte er die Hände so hastig in die geflickten Taschen, daß wir hörten, wie sie zerrissen, und zuletzt zerfetzte er das Rockfutter, daß es nun zerlumpter herunterhing als früher, ehe es geflickt worden war.

›Sehen Sie, Fräulein, so bin ich's gewohnt, so und nicht anders‹, sagte er. ›So finde ich es am leichtesten und bequemsten. Es ist recht schade, daß Sie sich soviel Mühe gegeben haben, aber ich kann es nicht ändern.‹«

Der am Boden liegende Schemen sieht ein glückstrahlendes Gesicht vor sich, das sich plötzlich verdunkelt, und er ist nahe daran, zuzugeben, daß dieser Bubenstreich grausam und undankbar gewesen war, als der Gedanke an Georg ihn aufs neue überkommt.

›Es ist gut, daß Georg zu hören bekommt, wie ich bin, falls er es noch nicht wissen sollte‹, denkt er. ›David Holm ist nicht der Mann, der auf den ersten Angriff nachgibt. Er ist hart und boshaft, und es macht ihm Spaß, solche gefühlsduselige Leute zu ärgern.‹

»Erst in diesem Augenblick wurde ich mir bewußt, wie der Mensch eigentlich aussah«, sagt Schwester Maria. »Als er da drüben stand und das, was Schwester Edith unter so schönen Gedanken geflickt hatte, zerriß, betrachtete ich ihn unwillkürlich. Und da sah ich, daß er ein sehr großer und sehr gut gewachsener Mann war, ein wahres Meisterwerk der Natur. Er hatte auch eine gute freie Haltung und einen großen wohlgebildeten Kopf, und sein Gesicht mochte früher einmal schön gewesen sein, obgleich es jetzt rot und aufgedunsen war, so daß die Züge verschwommen waren, und man nicht wissen konnte, wie es eigentlich hätte aussehen sollen.

Aber trotz dem, was er in diesem Augenblick tat und wozu er noch ein lautes häßliches Gelächter ausstieß, und obgleich seine Augen gelb und boshaft zwischen den verschwollenen Lidern hervorfunkelten, dachte Schwester Edith wohl nur allein daran, daß sie etwas Großangelegtes vor sich hätte, das auf dem Weg des Verderbens war. Zuerst wich sie zurück, wie wenn sie ins Gesicht geschlagen worden wäre, dann aber leuchtete ein helles Licht in ihren Augen auf, und sie trat einen Schritt näher auf ihn zu.

Sie sagte nichts weiter als: ehe er gehe, möchte sie ihn bitten, doch auch in der nächsten Silvesternacht wieder bei ihr einzukehren. Und als er sie darauf ganz verwundert anstarrte, fügte sie noch hinzu: ›Sehen Sie, ich habe Jesus heute nacht gebeten, dem ersten Gast in diesem Rettungsheim ein gutes neues Jahr zu schenken, und nun möchte ich Sie wiedersehen, damit ich erfahre, ob er mich erhört hat.‹

Als der Mann nun begriff, was Schwester Edith meinte, brach er in Verwünschungen aus und rief: ›Ja, das will ich Ihnen versprechen. Ich werde kommen und Ihnen zeigen, daß Jesus sich nicht das allergeringste um Sie und Ihre Gefühlsduselei gekümmert hat.‹«

Der am Boden Liegende, der auf diese Weise an das Versprechen erinnert worden ist, das er gegeben aber ganz vergessen hatte und nun doch erfüllt hat, fühlt sich einen Augenblick wie ein schwaches Rohr in einer stärkeren Hand und fragt sich, ob nicht am Ende sein Widerstand ganz bedeutungslos sei? Aber er unterdrückt den Gedanken rasch wieder; er will sich nicht unterwerfen. Sich sträuben und dagegen an-kämpfen will er, wenn es sein muß, bis zum jüngsten Gericht.

Der Heilsarmeesoldat ist, während Schwester Maria von dieser Begeg-nung am Neujahrsmorgen berichtet, immer aufgeregter geworden. Jetzt kann er sich nicht länger zurückhalten, er springt auf und ruft:

»Sie haben mir den Namen dieses Menschen nicht gesagt, aber ich bin überzeugt, daß es David Holm war!«

Schwester Maria nickt.

»Aber lieber Gott im Himmel droben, Schwester Maria!« ruft er und streckt entsetzt beide Hände abwehrend aus. »Warum wollen Sie denn dann, daß ich ihn holen soll? Haben Sie etwa seit jenem Morgen irgend-eine Besserung an ihm bemerkt? Es ist, als wollten sie ihn hier haben, damit Schwester Edith sehen soll, daß sie Gott vergebens angefleht hat. Warum wollen Sie ihr ein solches Leid zufügen?«

Schwester Maria betrachtet ihren Mitarbeiter mit einer Ungeduld, die an Zorn grenzt, und sagt:

»Ich bin noch nicht fertig – – –«

Aber er unterbricht sie sofort.

»Wir müssen uns vor den Schlingen der Rachsucht in acht nehmen, Schwester Maria!« mahnt er. »Auch in mir ist noch ein Rest von dem alten Adam lebendig, der David Holm gerade in dieser Nacht herbeiho-len, ihn der Sterbenden da drinnen zeigen und ihr sagen möchte, daß gerade er schuld daran sei, daß sie von uns gehen muß. Schwester Maria, ich glaube, es ist Ihre Absicht, David Holm zu sagen, Schwester Edith sei beim Flicken seines Rockes, den er in seiner Undankbarkeit gleich wieder zerrissen hat, tödlich angesteckt worden. Ich habe Sie sagen hö-ren, Schwester Edith habe seit der letzten Neujahrsnacht nicht einen gesunden Tag mehr gehabt. Aber wir müssen uns in acht nehmen, Schwester Maria. Wir, die mit Schwester Edith zusammengelebt haben und sie noch so deutlich vor uns sehen, müssen uns davor in acht nehmen, unserer Herzen Hartheit nachzugeben.«

Schwester Maria beugt sich über den Tisch vor und redet nun, ohne aufzusehen, wie wenn sie ihre Worte in Reih und Glied auf dem Tischtuch aufgestellt hätte.

»Rache?« sagt sie. »Ist es Rache, wenn man einem Menschen zu ver-stehen gibt, daß er das Herrlichste zu eigen hatte und es verloren hat?

Oder ist es Rache, wenn ich das rostige Eisen ins Feuer lege, damit es aufs neue frisch und blank werde – ist das Rache?«

»Ja, ja, ich wußte es wohl, Schwester Maria«, fällt ihr der Rettungssoldat mit derselben Aufregung ins Wort. »Sie haben gehofft, David Holm bekehren zu können, indem sie ihm die Bürde der Gewissensqualen aufladen. Aber haben Sie auch recht bedacht, ob es nicht unsere eigene Rache ist, die wir pflegen und nähren wollen? Dies hier ist eine lauernde Schlinge, Schwester Maria, ach, man kann sich so leicht täuschen!«

Die kleine bleiche Rettungsschwester sieht den Gefährten mit einem Blick an, aus dem ihm die Begeisterung der Selbstverleugnung entgegenstrahlt.

»Heute nacht suche ich nicht das meinige«, sagt dieser Blick ganz deutlich. »Es gibt bei so etwas allerdings viele lauernde Schlingen«, wiederholt sie mit großem Nachdruck laut.

Der Rettungssoldat wird dunkelrot; er versucht zu antworten, aber die Worte versagen ihm. Im nächsten Augenblick wirft er sich über den Tisch vor, verbirgt das Gesicht in den Händen und fängt, von dem langen zurückgehaltenen Kummer überwältigt, zu weinen an.

Die Rettungsschwester stört ihn nicht, über ihre Lippen dringt ein Gebet.

»Ach lieber Gott, lieber treuer Heiland, hilf uns durch diese schwere Nacht! Gib mir Kraft, allen meinen Freunden zu helfen, mir, die ich die schwächste bin und am wenigsten verstehe!«

Der Gefesselte hat der Anklage, daß er die Heilsarmeeschwester angesteckt habe, fast gar keine Aufmerksamkeit geschenkt; aber als der junge Rettungssoldat in Tränen ausbricht, macht er eine heftige Bewegung. Er hat eine Entdeckung gemacht, die ihn mächtig ergreift, und gibt sich gar keine Mühe, seine Erregung vor dem Fuhrmann zu verbergen. Es gefällt ihm recht gut, daß sie, die dieser schöne junge Mensch liebt, ihn selbst vorgezogen hat.

Als das Schluchzen des Rettungssoldaten an Heftigkeit abnimmt, hört die Schwester zu beten auf und sagt mit weicher Stimme:

»Sie denken an das, was ich vorhin von Edith und David Holm gesagt habe, Gustavsson.«

Ein ersticktes ja dringt zwischen den Rockärmeln hervor, und der ganze Körper des Mannes wird von heftigem Schmerz erschüttert.

»Und es ist Ihnen ein tiefer Schmerz, das begreife ich wohl«, fährt Schwester Maria fort. »Ich kenne einen anderen, der Schwester Edith auch von ganzer Seele liebte, und als sie es merkte, sagte sie zu sich selbst, sie könne das nicht begreifen. Sie meinte, wenn sie jemand lieben würde, so müßte es einer sein, der hoch über ihr stünde, und das denken Sie auch, Gustavsson. Wir können wohl unser Leben drangeben, um den Elenden zu dienen, aber unsere natürliche und menschliche Liebe einem von ihnen schenken, das wäre uns unmöglich. Wenn ich Ihnen nun aber sage, daß Schwester Edith anders angelegt ist, so meinen Sie, das sei etwas Entwürdigendes, und es quält und schmerzt Sie, Gustavsson.«

Der Rettungssoldat rührt sich nicht; sein Kopf liegt noch auf der Tischplatte. Die unsichtbare Gestalt dagegen macht einen Versuch, sich den beiden am Tisch zu nähern, wie um besser hören zu können, erhält aber sofort von Georg den Befehl, sich ruhig zu verhalten.

»Wenn du dich bewegst, David, muß ich dir eine so schwere Strafe auferlegen, wie du dir noch nie eine hast träumen lassen«, sagt er. Und David Holm, der nun weiß, daß Georg Wort hält, bleibt unbeweglich liegen.

»Halleluja!« ruft Schwester Maria mit verzücktem Ausdruck im Gesicht. »Halleluja! Wer sind wir, daß wir sie verurteilen wollten? Haben Sie es nicht auch schon gesehen, Gustavsson; wenn ein Herz von Hochmut erfüllt ist, dann gibt es seine Liebe einem der Mächtigen und Großen in dieser Welt, wenn aber in einem Herzen nur Demut und Erbarmen wohnt, wem sollte es dann seine größte Liebe geben als dem, der am tiefsten in Herzenshärtigkeit, Verkommenheit und Verirrung versunken ist?«

Bei diesen Worten ist David Holm an der Reihe, einen Stich von Unbehagen zu fühlen.

›Aber du bist doch heute nacht recht sonderbar!‹ denkt er im stillen. ›Warum kümmerst du dich darum, was diese Menschen da über dich sagen? Hast du erwartet, sie würden dir ihre ganz besondere Hochachtung aussprechen?‹

Jetzt hebt der Rettungssoldat den Kopf vom Tisch auf, sieht die Schwester prüfend an und sagt:

»Es ist nicht allein das, Schwester Maria.«

»Ja, ja, ich verstehe wohl, was Sie meinen, Gustavsson. Aber Sie dürfen eins nicht vergessen; Schwester Edith wußte zuerst nicht, daß David Holm verheiratet war. Und jedenfalls«, fährt sie nach einem kurzen Zögern fort, »– es ist wenigstens sehr schwer, etwas anderes zu denken

– ging meiner Ansicht nach ihre ganze Liebe darauf aus, ihn zu bekehren. Wenn er auf dem Podium gestanden und bekannt hätte, daß er gerettet sei, dann wäre sie befriedigt gewesen.«

Gustavsson hat Schwester Marias Hand ergriffen, und sein Blick hängt an ihrem Mund. Bei ihren letzten Worten dringt ein Seufzer der Erleichterung über seine Lippen.

»Aber dann war es doch nicht die Liebe, die ich meine«, sagt er.

Die Schwester zuckt die Achseln ein wenig und seufzt über diese Hartnäckigkeit, dann sagt sie:

»Schwester Edith hat mir in dieser Sache nie ihr Vertrauen geschenkt, und es wäre ja möglich, daß ich mich täuschte.«

»Wenn Sie aus Schwester Ediths eigenem Mund nichts gehört haben, dann glaube ich, daß Sie sich täuschen, Schwester Maria«, versetzt der junge Mann mit tiefem Ernst.

Der am Boden Liegende drüben an der Tür verdüstert sich; die Wendung, die das Gespräch jetzt genommen hat, gefällt ihm nicht.

Nun redet die junge Schwester wieder.

»Ich sage nicht, Schwester Edith habe beim erstenmal, wo sie David Holm sah, etwas anderes als Mitleid mit ihm gefühlt, und sie hat ihn wohl auch später noch nicht geliebt, denn er widerstand ihr andauernd, so oft er auch ihren Weg kreuzte. Frauen kamen zu uns, die sich an uns wendeten und jammerten, seit David Holm in die Stadt gekommen sei, hätten sich ihre Männer verführen lassen, von der Arbeit wegzulaufen. Und man spürte eine zunehmende Frechheit in Gewalttaten und im Laster. Wo immer wir unter den Elenden umhergingen, bekamen wir das zu spüren. Und es war uns, als könnten wir immer David Holms Spuren erkennen. Aber so wie Schwester Edith war, ist es nur natürlich, daß sie gerade das anspornte, ihn für die Sache Gottes gewinnen zu wollen. Er war wie ein Wild, das sie mit starken Waffen verfolgte, und je mehr es sich gegen sie wendete, desto heftiger fiel sie es an in ihrer Zuversicht, daß sie doch schließlich den Sieg gewinnen werde, weil sie die stärkere sei.

»Halleluja!« ruft der Rettungssoldat. »So war es, ja so war es, Schwester Maria! Erinnern Sie sich noch, wie Sie und Schwester Edith eines Abends in eine Wirtschaft kamen, da umhergingen und Flugblätter über die neue Rettungsstation austeilten? Da sah Schwester Edith an einem Tisch David Holm in Gesellschaft eines jungen Mannes, der eifrig zuhörte, wie sich der Landstreicher über die Rettungsstation lustig machte, und dann laut in dessen Gelächter einstimmte. Schwester Edith fiel der junge Mann auf, ihr Herz wurde gerührt, und sie sagte ein paar warnende Worte zu ihm, daß er sich nicht ins Verderben stürzen lassen solle. Der junge Mann erwiderte kein Wort und folgte ihr nicht gleich. Aber er brachte kein Lachen mehr über die Lippen, obgleich er noch in derselben Gesellschaft sitzen blieb und sich sein Glas füllte, das er aber nicht mehr an den Mund führen konnte. David Holm und die andern lachten ihn aus und sagten, er habe sich von der Rettungsschwester ins Bockshorn jagen lassen; aber das war nicht richtig, Schwester Maria, nein, so war es nicht, sondern was ihn gerührt und bezwungen hatte, daß er die andern verlassen und ihr folgen mußte, war einzig und allein ihr Erbarmen gewesen, das sie nicht ohne eine Warnung an ihm hatte vorübergehen lassen. Sie wissen, dies ist die Wirklichkeit, Schwester Maria, und Sie wissen auch, wer der Mann war.«

»Amen, Amen! Ja, ich weiß, wer der Mann war, der von diesem Tag an unser bester Freund geworden ist«, sagt die Rettungsschwester, indem sie dem Heilsarmeesoldaten freundlich zunickt. »Ich will auch nicht sagen, Schwester Edith habe nicht ein paarmal über David Holm den Sieg davongetragen; aber in den meisten Fällen zog sie doch den kürzeren. Sie hatte sich auch in der Neujahrsnacht erkältet und war beständig von einem Husten geplagt, der nicht weichen wollte und der auch bis zum heutigen Tag nicht wieder gut geworden ist. Die Mutlosigkeit des Krankseins drückte sie, und sie war vielleicht auch schuld daran, daß Schwester Edith nicht mit der alten Sieghaftigkeit kämpfte.«

»Schwester Maria«, unterbrach sie Gustavsson. »Von dem, was Sie mir sagen, deutet nichts darauf hin, daß sie ihn lieb gehabt hätte.«

»Nein, Gustavsson, da haben Sie recht; im Anfang deutete gar nichts darauf hin. Aber ich will Ihnen sagen, was mich auf den Gedanken brachte. Wir kannten eine arme Näherin, die die Schwindsucht hatte, aber tapfer gegen die Krankheit kämpfte und vor allem fast übermenschliche Anstrengungen machte, jede Art von Ansteckungsstoff zu vertilgen, weil sie ein Kind hatte, das sie vor der Krankheit bewahren wollte. Diese Frau erzählte uns, als sie eines Tages auf der Straße von dem Husten überfallen worden war, sei eben ein Landstreicher an ihr vorübergegangen und habe sie wegen ihrer übertriebenen Vorsicht ausgescholten. ›Ich bin auch lungenkrank‹, hatte er gesagt, ›und der Doktor will, ich soll mich in acht nehmen; aber das geschieht nicht. Im Gegenteil, ich huste den Leuten gerade ins Gesicht, weil ich hoffe, sie werden dadurch angesteckt. Warum sollen sie es besser haben als wir? Das möchte ich wohl wissen?‹

Mehr hatte er nicht gesagt, aber die Näherin war so in Schrecken versetzt worden, daß sie sich den ganzen Tag sehr elend fühlte. Sie beschrieb den Landstreicher als einen großen Mann, der recht stattlich aussah, obgleich seine Kleider ärmlich und zerlumpt waren. An das Gesicht erinnerte sie sich nicht ganz deutlich, aber stundenlang hatte sie immerfort seine Augen auf sich gerichtet gesehen, die wie zwei gelbe feurige Streifen zwischen den verschwollenen Lidern brannten. Aber am meisten entsetzt hatte sie sich darüber, daß er weder betrunken noch ganz verkommen ausgesehen hatte, aber trotzdem so sprach, wie er es tat, und einen so furchtbaren Haß gegen seine Nebenmenschen hegte.

An dieser Beschreibung erkannte Schwester Edith David Holm sofort, und das war ja nicht merkwürdig. Sie suchte die Frau zu überzeugen, daß der Mann sich nur einen Scherz gemacht habe, um sie zu erschrecken, und sagte: ›Sie werden doch begreifen, daß ein Mann, der so kräftig aussieht, keine Tuberkulose haben kann? Ich glaube, er hat euch nur erschrecken wollen, und dazu ist er schlecht genug; aber so schlecht ist er doch nicht, daß er, wenn er wirklich krank wäre, mit Wissen und Willen hinginge und die Leute ansteckte. Er ist doch auch kein ganzer Unmensch.‹

Wir andern widersprachen und sagten, wir glaubten, er würde sich nicht schlechter machen, als er sei; aber sie verteidigte ihn immer eifriger und wurde fast böse auf uns, weil wir ihm etwas so Gemeines zutrauten.«

Zum zweitenmal macht der Fuhrmann ein Zeichen, daß er dem, was um ihn her vorgeht, folgt. Er bückt sich über seinen Gefährten und sieht ihm in die Augen.

›Ich glaube, die Rettungsschwester hat recht, David. Wer sich so dagegen sträubte, alles Böse von dir zu glauben, muß dich gewiß sehr lieb gehabt haben.‹

»Es ist ja möglich, Gustavsson, daß es nichts bedeutet«, fährt Schwester Maria fort; »und was mir ein paar Tage später auch aufgefallen ist, bedeutet vielleicht noch weniger. Aber sehen Sie, als Schwester Edith eines Abends nach Hause ging und über verschiedene Widerwärtigkeiten, die ihre Schützlinge betroffen hatten, niedergeschlagen und bedrückt war, kam David Holm auf sie zu und redete sie an. Er wolle ihr nur mitteilen, sagte er in seiner wegwerfenden Weise, daß sie es nun besser und ruhiger bekomme, da er die Stadt verlassen werde.

Ich hatte erwartet, Schwester Edith werde sich über die Nachricht freuen, merkte aber an ihrer Antwort, daß es ihr nicht recht war. Sie sagte ihm auch gerade heraus, es wäre ihr lieber, wenn er dabliebe, damit sie noch eine Weile mit ihm kämpfen könnte.

Er erwiderte, er beklage das sehr, könne aber trotzdem nicht länger in der Stadt bleiben, denn er sei genötigt, eine Reise durch Schweden zu machen, um eine Person zu suchen, über deren Ergehen er notwendig Bescheid haben müsse. Er finde weder Ruhe noch Rast, bis er diese Person gefunden habe.

Und wissen Sie, Gustavsson, Schwester Edith fragte mit so offenbarer Angst, wer denn diese Person sei, daß ich auf dem Punkt war, ihr zuzuflüstern, sie soll sich in acht nehmen und sich dem Gespött eines solchen Mannes nicht preisgeben. Aber er schien nichts zu merken, sondern antwortete nur, wenn er die fragliche Person gefunden habe, werde es ihr sicher nicht unbekannt bleiben, und er hoffe, sie werde sich dann mit ihm freuen, daß er nicht mehr als armer Landstreicher im Reiche umherziehen müsse.

Damit ging er, und er mußte Wort gehalten haben, denn wir sahen und hörten nichts mehr von ihm. Ich hoffte, wir würden nun nie mehr etwas mit ihm zu tun haben müssen, denn es war ja, als bringe er überall, wohin er auch kam, Unglück mit. Aber da geschah es eines Tages, daß eine Frau bei Schwester Edith auf der Rettungsstation erschien und sich nach David Holm erkundigte. Sie teilte Schwester Edith mit, sie sei David Holms Frau, die es wegen seiner Trunksucht und seines schlechten Lebenswandels nicht mehr bei ihm ausgehalten, sondern ihn verlassen hätte. Sie hatte sich ganz heimlich fortgestohlen, die Kinder auch mitgenommen und sich in unsere Stadt begeben, die von ihrem früheren Aufenthaltsort so weit entfernt war, daß es ihm nicht eingefallen sei, sie im Ernst hier zu suchen. Hier habe sie nun in einer Fabrik Arbeit gefunden, und überdies so gut bezahlte, daß sie sich und die Kinder versorgen könne. Sie war eine gut gekleidete Frau, die Achtung und Vertrauen einflößte; sie war überdies eine Art Vorsteherin für die jungen Fabrikarbeiterinnen geworden und verdiente nun so viel, daß sie sich eine behagliche Wohnung mit den nötigen Möbeln und Hausgeräten hatte verschaffen können. Früher, so lange sie noch bei ihrem Manne gewohnt hatte, waren sie bettelarm gewesen; sie hatte nicht das Nötigste für sich und die Kinder gehabt, und sie hatten oft hungern müssen.

Nun hatte sie indes gehört, daß ihr Mann sich in der Stadt aufhielt, und daß die Rettungsschwestern ihn kannten, und so war sie gekommen, um zu hören, wie es ihm ginge.

Wenn Sie damals gegenwärtig gewesen wären, Gustavsson, und Schwester Edith gehört und gesehen hätten, würde es sich Ihnen unauslöschlich ins Gedächtnis geprägt haben. Zuerst, als die Frau kam und uns sagte, wer sie war, erblaßte Schwester Edith und sah aus, als sei sie zu Tode getroffen; aber sie faßte sich bald wieder, und in ihre Augen trat ein geradezu überirdischer Ausdruck. Es war, als habe sie sich selbst überwunden und begehre nun für sich nichts mehr von allem, was dieser Welt angehörte. Und mit seiner Frau sprach sie mit einer, fast möchte ich sagen, Holdseligkeit, daß diese zu Tränen gerührt wurde. Sie sagte ihr nicht ein einziges Wort des Vorwurfs und brachte sie doch dahin, zu bereuen, daß sie ihren Mann verlassen hatte. Ich glaube, sie brachte die Frau so weit, daß sie sich für einen wahren Ausbund von Härte hielt. Ja, noch mehr, Gustavsson, Schwester Edith verstand es, die alte Liebe in ihr zu erwecken, die jugendliche, die sie in, der ersten Zeit ihrer Ehe für ihren Mann gefühlt hatte. Sie brachte die Frau dazu, ihr zu erzählen, wie es in der ersten Zeit ihres Ehestandes gewesen war, ja sogar, daß sie sich wieder nach ihrem Mann sehnte. Aber, Gustavsson, Sie dürfen nicht glauben, Schwester Edith habe der Frau verborgen, wie ihr Mann jetzt war; o nein, aber sie wußte in ihr den Wunsch zu erwecken, David Holm wieder zu einem rechten Menschen zu machen, wie Schwester Edith es selbst so sehr wünschte.«

Der Fuhrmann, an der Tür hat sich während dieser Rede aufs neue über den Gefesselten gebeugt und ihn betrachtet, diesmal aber richtet er sich wieder auf, ohne etwas zu sagen. Um seinen früheren Kameraden zieht sich etwas Düsteres, Unheimliches zusammen, das dem Fuhrmann unerträglich zu sein scheint. Er lehnt sich hochaufgerichtet an die Wand und zieht die Kapuze tief über die Augen herein, um ihn nicht mehr sehen zu müssen.

»Sicherlich hatte die Frau schon vorher Gewissensbisse darüber empfunden gehabt, weil sie ihren Mann seiner eigenen Torheit und Bosheit überlassen hatte«, fährt Schwester Maria fort. »Und während sie nun mit Schwester Edith redete, schlug all das Neue, das sie hörte, rasch Wurzel. Bei diesem ersten Mal sprachen sie indes noch nicht davon, daß sie ihrem Mann wissen lassen solle, wo sie sei, dieser Beschluß wurde erst nach anderen langen Unterredungen gefaßt. Und, Gustavsson, ich will nicht sagen, Schwester Edith habe sie dazu überredet, auch nicht, sie habe ihr große Hoffnungen gemacht, aber ich weiß, sie wünschte innig, die Frau solle ihn wieder zu sich rufen. Sie glaubte, das würde ihn retten, und so riet sie nicht ab. Ich muß zugeben, es war Schwester Ediths Werk, daß es schließlich so weit kam, ja, sie ist es gewesen, die den Mann wieder mit denen vereinigte, die zu verderben er die Macht hatte. Ich habe viel darüber nachgedacht und mich oft darüber gewundert, und ich konnte nicht verstehen, woher Schwester Edith den Mut genommen hätte, eine solche Verantwortung auf sich zu nehmen, wenn sie ihn nicht geliebt hätte.«

Schwester Maria sprach diese Worte mit tiefster Überzeugung aus; aber die beiden, die sich vorher aufgeregt hatten, als sie von der Liebe der kranken Rettungsschwester gesprochen hatte, verhielten sich nun ganz ruhig. Der Heilsarmeesoldat saß mit der Hand über den Augen unbeweglich da, und der am Boden Liegende hatte den Ausdruck düsteren Hasses wieder angenommen, den er gezeigt hatte, als er zuerst ins Zimmer hereingeschleppt worden war.

»Keine von uns wußte, wohin David Holm gewandert war«, begann Schwester Maria aufs neue; »aber Schwester Edith schickte ihm durch andere fahrende Leute die Nachricht, wir könnten ihm Auskunft geben, wo seine Frau und Kinder seien, und da dauerte es nicht lange, bis er sich einfand. Und Schwester Edith führte ihn und seine Frau zusammen, nachdem sie ihm zuerst für eine ordentliche Kleidung gesorgt und einen Platz an einem städtischen Bau verschafft hatte. Sie verlangte keine Gelübde und Versprechungen von ihm, sie wußte, so einer wie David Holm konnte nicht mit Gelübden gebunden werden; aber sie wollte die Saat, die bisher zwischen den Dornen aufgegangen war, in gute Erde verpflanzen und war überzeugt, daß es ihr gelingen würde.

Und wer weiß, ob Schwester Edith nicht ihr Ziel erreicht hätte, wenn nicht das große Unglück über sie hereingebrochen wäre. Zuerst bekam sie Lungenentzündung, und als diese gehoben war und wir sie bald hergestellt zu sehen hofften, magerte sie im Gegenteil immer mehr ab, und wir mußten sie ins Sanatorium schicken.

Aber wie David Holm gegen seine Frau war, das brauche ich Ihnen wohl nicht erst zu sagen, Gustavsson. Sie wissen es ebensogut wie ich und alle andern. Die einzige, die wir in Unkenntnis darüber zu halten versuchten, ist Schwester Edith, weil wir barmherzig gegen sie sein wollten. Wir hofften, sie werde sterben dürfen, ohne es zu erfahren;

aber jetzt bin ich nicht ganz sicher, wie es sich damit verhält. Ich glaube, sie weiß es.«

»Woher sollte sie es wissen?«

»Das Band, das sie mit David Holm verbindet, ist so stark, daß sie sich wohl auf anderen Wegen als den gewöhnlichen Nachricht von ihm zu verschaffen gewußt hat. Und weil sie alles weiß, deshalb hat sie ihn den ganzen Tag zu sprechen verlangt. Sie hat unsägliches Elend über seine Frau und Kinder gebracht, und sie hat nur noch diese wenigen Stunden zur Verfügung, um es wieder gut zu machen, wir aber sind so schwerfällig, daß wir ihr nicht einmal darin helfen können, indem wir ihn herbeischaffen.«

»Aber was hätte es für einen Wert?« fragt Gustavsson hartnäckig. »Sie kann ja gar nicht mit ihm reden, sie ist zu schwach dazu.«

»Ich kann in ihrem Namen mit ihm reden«, versetzt Schwester Maria zuversichtlich. »Und er würde auf die Worte hören, die an ihrem Sterbebette zu ihm gesagt würden.«

»Was wollten Sie zu ihm sagen, Schwester Maria? Wollten Sie ihm sagen, Schwester Edith habe ihn geliebt?«

Die Rettungsschwester steht rasch auf. Sie faltet die Hände über der Brust und betet mit aufgehobenem Gesicht und geschlossenen Augen also:

»Ach lieber Gott, laß es doch geschehen, daß David Holm herkommt, ehe Schwester Edith stirbt! Guter Gott, laß es geschehen, daß er deine Liebe erkennt, und daß das Feuer ihrer Liebe sein Herz erweicht! Guter Gott, ist nicht deine Liebe ihr geschickt worden, daß sie seine Seele läutere? Guter Gott, mache mich mutig, daß ich nicht daran denke, sie zu schonen, sondern es wage, seine Seele in die Glut ihrer Liebe hineinzulegen! Guter Gott, laß ihn diese Liebe empfinden wie ein sanftes Säuseln, das durch seine Seele zieht, wie die Berührung einer Engelsschwinge, wie das rote Licht, das am Morgen im Osten aufleuchtet und die Finsternis der Nacht vertreibt! Guter Gott, laß ihn nicht glauben, daß ich mich an ihm rächen wolle! Guter Gott, laß ihn erkennen, daß Schwester Edith nur den innersten Kern seines Wesens geliebt hat, das, was er selbst zu ersticken und zu ertöten gesucht hat! Guter Gott – –«

Schwester Maria fährt zusammen und schaut auf. Der Rettungssoldat zieht eben seinen Rock an.

»Ich hole ihn, Schwester Maria«, sagt er mit halberstickter Stimme. »Und ich kehre nicht ohne ihn zurück.«

Aber jetzt wendet sich die an der Tür auf dem Boden liegende Gestalt zu dem Fuhrmann und redet ihn an:

›Georg, ist es noch nicht genug? Als ich zuerst hier hereinkam, wurde ich von dem, was sie sprachen, ergriffen. Auf diese Weise hättest du mich vielleicht erweichen können; aber du hättest sie warnen müssen. Sie hätten nicht von meiner Frau sprechen sollen.‹

Der Fuhrmann gibt keine Antwort, sondern deutet nur mit einer leichten Bewegung nach dem inneren Zimmer. Eine alte Frau ist durch die Tapetentür, die sich ganz hinten in der Wohnzimmerabteilung des Gemachs befindet, eingetreten. Mit leisen Schritten tritt sie zu den beiden, die die lange Unterredung geführt haben, und sagt mit einer Stimme, die im Bewußtsein der Wichtigkeit dessen, was sie mitzuteilen hat, bebt:

»Sie will nicht mehr da drinnen bleiben, sondern hier heraus. Jetzt ist es bald zu Ende.«

6.

Die arme kleine Rettungsschwester, die in den letzten Zügen liegt, fühlt sich mit jedem Augenblick schwächer und kraftloser. Sie hat keine Schmerzen, kämpft aber noch mit dem Tod, wie sie in so mancher Nacht bei einer Krankenwache mit dem Schlaf gekämpft hat.

»Ach, wie schön du lockst! Aber du darfst mich nicht übermannen!« hat sie da zum Schlaf gesagt. Und wenn sich dieser auch einmal einige Augenblicke auf sie herabgesenkt hatte, so war sie doch immer rasch wieder aufgefahren und zu ihren Pflichten zurückgekehrt.

Jetzt ist es ihr, als ob irgendwo in einem kühlen Zimmer mit unbeschreiblich reiner, frischer Luft, die einzuatmen für ihre Lungen ein wahres Labsal wäre, ein tiefes breites Bett mit weichen schwellenden Daunenkissen hergerichtet würde. Sie weiß, daß dieses Bett für sie bestimmt ist, und sie sehnt sich danach, hineinzusinken und ihre unaussprechliche Mattigkeit wegzuschlafen; aber sie hat das Gefühl, sie würde dann in einen so tiefen Schlaf sinken, daß sie nie mehr daraus erwachen könnte. Und sie widersteht dem Locken der Ruhe noch immer; diese darf ihr jetzt noch nicht zuteil werden.

Als die kleine Rettungsschwester jetzt die Augen wieder aufschlägt, liegt ein Vorwurf darin. Sie sieht strenger aus als je vorher.

Wie hart seid ihr doch, daß ihr mir zu dem einzigen nicht verhelfen wollt, nach dem ich mich sehne!« scheint sie zu klagen. »Habe ich doch, so lange ich gesund war, gar viele Schritte gemacht, um euch allen zu dienen, so daß ihr euch jetzt wohl die Mühe machen könntet, den hierher zu holen, den ich sprechen möchte.

Meist liegt sie indes mit geschlossenen Augen da und wartet und lauscht so eifrig, daß ihr kein Geräusch in dem Häuschen entgeht. Plötzlich hat sie den Eindruck, als sei ein Gast ins äußere Zimmer getreten, der nun dort darauf warte, zu ihr hereingeführt zu werden. Sie schlägt die Augen auf und sieht ihre Mutter flehend an.

»Er steht ja draußen an der Küchentür. Kannst du ihn nicht hereinlassen, Mutter?«

Die Mutter steht auf, tritt an die Tapetentür, öffnet sie und schaut in das große Zimmer hinaus, kommt aber gleich wieder an das Bett her und schüttelt den Kopf.

»Es ist niemand draußen, Kind«, sagt sie. »Niemand als Schwester Maria und Gustavsson.«

Da seufzt die Kranke tief und schließt die Augen aufs neue. Aber noch einmal hat sie das Gefühl, daß er da drinnen dicht an der Tür sitzt. Wenn nur ihre Kleider wie gewöhnlich auf einem Stuhl am Fußende des Bettes lägen, dann würde sie sich anziehen, hineingehen und mit ihm sprechen können. Aber die Kleider liegen nicht da, und sie fürchtet auch, ihre Mutter würde ihr nicht erlauben aufzustehen.

Sie überlegt und überlegt, wie sie in das vordere Zimmer hinausgelangen könnte, denn sie ist ganz sicher, daß er da draußen ist. Die Mutter will ihn nur nicht zu ihr hereinlassen, wahrscheinlich weil sie meint, er sehe zu schrecklich aus, und nicht will, daß sie mit so einem Menschen redet.

›Mutter meint, es hätte keinen Wert, wenn ich noch mit ihm zusammenträfe‹, denkt die Kranke. ›Sie meint, jetzt wo ich am Sterben bin, könnte es mir ja einerlei sein, wie es ihm weiter ergeht.‹

Schließlich denkt sie sich etwas aus, das ihr äußerst schlau vorkommt.

›Ich werde Mutter bitten, mich in das große Zimmer hinauszuschaffen, weil ich so gerne dort liegen möchte‹, denkt sie. ›Ich werde sagen, ich sehne mich, es noch einmal zu sehen. Dagegen wird Mutter nichts einzuwenden haben.‹

Sie bringt ihren Wunsch vor, fragt sich aber gleich, ob denn die Mutter am Ende ihre verborgene Absicht durchschaut habe, denn diese hat viel dagegen einzuwenden.

»Liegst du denn hier nicht gut?« fragt sie. »Du warst ja seither ganz zufrieden hier.«

Die Mutter tut nichts, um der Kranken zu willfahren, sondern bleibt ruhig bei ihr sitzen. Der kleinen Heilsarmeeschwester ist es zumut wie einstens, wenn sie, so lange sie noch ein Weltkind gewesen war, die Mutter um etwas gebeten hatte, was diese nicht dienlich fand. Und gerade wie ein kleines Kind fängt sie nun an zu bitten und zu betteln, um die Geduld der Mutter zu erschöpfen.

»Mutter, ich möchte so gern in das große Zimmer; Gustavsson und Schwester Maria tragen mich schon hinaus, wenn du sie hereinrufst. Ach Mutter, mein Bett wird nicht mehr lange dort stehen!«

Aber die Mutter erwidert: »Du wirst sehen, so bald du draußen bist, verlangst du wieder herein.« Aber sie steht doch auf und kehrt gleich darauf mit Gustavsson und Schwester Maria zurück.

Es ist ein Glück, daß Schwester Edith in der kleinen hölzernen Bettstelle liegt, in der sie schon als Kind geschlafen hat, so daß die drei, Schwester Maria, Gustavsson und ihre Mutter, sie recht gut hinaustragen können. Sobald sie durch die Tür gekommen ist, wirft sie einen raschen Blick auf die Küche des großen Raumes und ist ganz verdutzt, als sie David Holm nicht dort erblickt; diesmal war sie ihrer Sache so ganz gewiß gewesen.

Sie fühlt sich sehr enttäuscht, und anstatt sich in dem dreiteiligen Zimmer, das so viele Erinnerungen enthält, umzusehen, schließt sie die Augen. Und da hat sie sofort wieder das Gefühl, daß sich an der Eingangstür jemand befindet, der wartet.

›Es ist unmöglich, daß ich mich täusche‹, denkt sie. ›Irgend jemand muß dort sein, entweder er oder ein anderer.‹

Sie öffnet die Augen aufs neue und läßt ihre Blicke sehr aufmerksam im Zimmer umherlaufen. Mit großer Mühe entdeckt sie, daß drüben an der Tür etwas steht; aber es ist ganz undeutlich, nicht einmal wie ein Schatten. Sie hätte sagen können, es sei der Schatten eines Schattens.

Die Mutter beugt sich über sie und fragt:

»Ist es dir nun leichter, seit du hier bist?«

Sie nickt und flüstert, sie sei sehr froh, daß man sie herausgebracht habe. Aber sie denkt nicht an das Zimmer, sondern starrt immerfort nach der Tür.

›Was mag das dort drüben nur sein?‹ fragt sie sich, und es ist ihr, als hänge ihr Leben daran, dies herauszubringen.

Schwester Maria stellt sich zufälligerweise so auf, daß sie der Kranken die Tür verdeckt, und mit Aufbietung aller ihrer Kräfte bringt Schwester Edith sie in eine andere Stellung.

Man hat die Kranke in den Teil des Zimmers gestellt, den sie und ihre Mutter die gute Stube zu nennen pflegen, und diese Abteilung liegt am weitesten entfernt von der Tür. Nachdem die Kranke nun eine Weile dagelegen hat, flüstert sie ihrer Mutter zu:

»Jetzt hab' ich gesehen, wie es in der guten Stube aussieht, aber nun möchte ich auch ins Eßzimmer.«

Sie merkt wohl, daß ihre Mutter einen bekümmerten Blick mit den beiden andern wechselt und daß diese den Kopf schütteln; sie legt sich das auf ihre Art aus und denkt, sie seien ängstlich, sie noch näher zu dem an der Tür stehenden Schatten hinzubringen. Allmählich ist eine Ahnung in ihr aufgestiegen, wer es ist, der dort steht; aber sie fürchtet sich nicht vor ihm, sondern wünscht nur, ihm näher zu kommen.

Sie sieht ihre Mutter und die beiden Freunde flehend an; und alle drei gehorchen ihr ohne weitere Einwendungen.

Als sie sich nun in der Abteilung befindet, die früher das Eßzimmer genannt worden war, ist sie der Türe näher und kann unterscheiden, daß dort eine dunkle Gestalt steht, die irgendein Werkzeug in der Hand hält. Das kann also nicht er sein, aber es ist jedenfalls jemand, mit dem zusammenzutreffen für sie außerordentlich wichtig ist.

Sie muß ihm noch näher kommen, sie muß; und indem sie sich alle Mühe gibt, ein entschuldigendes Lächeln hervorzubringen, macht sie ein Zeichen, daß sie auch noch in die Küche gebracht werden möchte. Sie sieht, wie betrübt ihre Mutter bei diesem Ansinnen wird, sieht, wie sie zu weinen anfängt, und ein flüchtiger Gedanke zieht durch ihre Seele, daß ihre Mutter sich wohl jetzt daran erinnere, wie die Tochter früher, während die Mutter das Abendessen kochte, vor dem Herd auf dem Boden gesessen und, von dem Feuerschein rot übergossen, von allem lustig plauderte, was in der Schule vorgekommen war; sie begreift auch, daß die Mutter tatsächlich ihr Kind auf allen den gewohnten

Plätzen zu sehen vermeint und unter dem Gefühl der Leere und des Alleinseins, das sie überkommt, fast zusammenbricht.

Aber sie darf jetzt nicht an ihre Mutter denken, sie darf ihre Aufmerksamkeit auf nichts anderes richten als auf das Wichtige, das sie während der kurzen Zeit, die ihr noch zugemessen ist, ausrichten muß.

Jetzt, wo sie in der äußersten Abteilung des Zimmers angekommen ist, kann sie endlich das Undeutliche, was an der Tür steht, erkennen. Es ist die Gestalt eines Mannes in einem schwarzen Mantel mit einer Kapuze, die über das Gesicht hereingezogen ist. In der Hand hält er eine lange Sense; die Kranke braucht keinen Augenblick im Zweifel zu sein, wer es ist. ›Es ist der Tod‹, denkt sie. Und sie erschrickt, weil er zu früh für sie gekommen ist.

Während die arme Kranke immer näher zur Tür herangetragen wurde, hat sich der am Boden liegende gefesselte Schemen zusammengekrümmt, als wollte er versuchen, der Aufmerksamkeit der Kranken zu entgehen. Er sieht, daß sie unaufhörlich nach der Tür schaut, und er vermutet, daß sie da etwas unterscheiden kann. Aber sie soll ihn nicht sehen, das wäre eine zu große Demütigung für ihn. Ihre Blicke sind auch nicht auf ihn gerichtet, sondern auf den anderen, und da denkt er, wenn sie überhaupt etwas sehe, so sei nicht er es, sondern Georg.

Kaum ist die Kranke indes ganz nahe herangekommen, als er sieht, daß sie mit einer leichten Kopfbewegung Georg an ihr Bett herruft. Georg zieht, wie wenn er fröre, den Mantel fester um sich zusammen und tritt an ihr Lager. Sie sieht ihn mit einem herzbewegenden Lächeln an.

»Du siehst, daß ich keine Angst vor dir habe«, flüstert sie fast lautlos »Ich folge deinem Rufe gerne, möchte dich aber zuerst fragen, ob du mir nicht bis morgen Aufschub gewähren könntest, damit ich die große Aufgabe vollenden könnte, deretwegen mich Gott in die Welt geschickt hat.«

Während sie auf diese Weise von ihrer Unterredung mit Georg ganz erfüllt ist, hat David Holm den Kopf aufgehoben und sieht sie an; und da sieht er, daß ihr die heilige Erhabenheit ihres Geistes eine Schönheit verliehen hat, die sie früher nie gehabt hatte, etwas so Stolzes, Hohes, Unerreichbares, aber so unwiderstehlich Anziehendes, daß er seine Augen nicht mehr abwenden kann.

»Du verstehst mich vielleicht nicht«, sagt sie zu Georg. »Neige dich näher zu mir her. Ich muß mit dir reden, aber die anderen sollen nicht hören, was ich sage.«

Georg beugt sich so weit vor, daß seine Kapuze fast ihr Gesicht berührt.

»Sprich so leise wie du willst«, sagt er. »Ich werde es doch verstehen.«

Da fängt sie in ganz leisem Flüsterton an, und keines von den dreien, die um ihr Bett stehen, hat eine Ahnung, daß sie überhaupt etwas sagt. Nur der Fuhrmann und der andere Schemen hören sie.

»Ich weiß nicht, ob du dir auch bewußt bist, um was es sich für mich handelt«, sagt sie zu Georg, »Ich brauche notwendig einen Aufschub bis morgen, damit ich mit dem zusammentreffen kann, den ich auf den rechten Weg führen muß. Du weißt, wie schlecht ich gehandelt habe. Ich bin eigenmächtig und verwegen gewesen. Wie sollte ich vor Gottes Angesicht treten können, ich, die ein so großes Unglück verschuldet hat?«

Ihre Augen öffnen sich vor Angst weit, und sie ringt schwer nach Atem, fährt dann aber gleich fort, ohne eine Antwort abzuwarten.

»Ich muß dir wohl mitteilen, daß der Mann, mit dem ich noch reden möchte, eben der ist, den ich liebe. Du verstehst mich doch wohl? Der Mann, den ich liebe.«

»Aber Schwester Edith«, erwidert der Fuhrmann, »der Mann– – –«

Sie will jedoch seine Antwort nicht hören, ehe sie alles vorgebracht hat, was ihn erweichen soll.

»Ach, du begreifst, wie schwer es für mich ist, das zu sagen. Die Erkenntnis, daß ich gerade diesen Mann liebe, bedrückt mich schwer. O wie hab ich mich geschämt, daß ich so heruntergekommen sein soll, einen Mann zu lieben, der an eine andere gebunden ist. Ich habe dagegen gekämpft und gestritten, und es war mir, als sei ich, die eine Führerin und Helferin der Elenden sein sollte, schlechter als die schlechtesten unter ihnen geworden.«

Georgs eine Hand streicht ihr wie beruhigend über die Stirne; aber er sagt nichts, sondern läßt sie fortfahren.

»Aber die größte Demütigung liegt doch nicht darin, daß ich einen verheirateten Mann liebe. Die tiefste Erniedrigung liegt darin, daß er ein böser und schlechter Mensch ist. Ich weiß nicht, warum ich mich an einen solchen Lumpen weggeworfen habe. Ich hatte gehofft, hatte geglaubt, es sei etwas Gutes an ihm, aber ich bin immer enttäuscht worden. Ach, ich muß selbst schlecht sein, da sich mein Herz so hat verirren können! Ach, kannst du nicht begreifen, daß es ganz unmöglich für mich ist, fortzugehen, ohne noch einen Versuch gemacht zu haben, ihn zu einem anderen Menschen zu machen?«

»Du hast ja schon so viele Versuche gemacht«, antwortet Georg ausweichend.

Sie schließt die Augen und überlegt, schlägt sie aber bald wieder auf, und jetzt leuchtet eine neue Zuversicht aus ihrem Gesicht.

»Du meinst, ich bitte nur meinetwegen, und denkst wie die anderen, es könne mir einerlei sein, wie es ihm weiter ergeht, ich müsse ja doch alles Irdische hinter mir lassen. Ich muß dir aber noch etwas sagen, was ich heute erlebt habe, damit du verstehst, daß ich den Aufschub brauche, um anderen zu helfen«, Sie schließt die Augen und spricht weiter, ohne sie wieder zu öffnen:

»Siehst du, es war heute vormittag. Ich verstehe jetzt nicht mehr recht, wie es sein konnte, aber ich war mit einem Korb am Arm unterwegs, um einem Notleidenden Essen zu bringen. Plötzlich stand ich auf einem Hof, wo ich noch niemals gewesen war. Er war rings von hohen Häusern eingeschlossen, die ordentlich und gut im Stand aussahen, wie wenn wohlhabende Leute darin wohnten. Ich wußte nicht, was ich an diesem Ort zu tun haben sollte, und sah mich unschlüssig um; da entdeckte ich an der einen Häusermauer eine Art Anbau, der eigentlich aussah, als sei er ursprünglich zu einem Geflügelhaus bestimmt gewesen, den man aber neuerdings in eine menschliche Wohnung einzurichten versucht hatte. Da und dort waren einzelne Bretter und Stücke von Pappe aufgenagelt, auch ein paar schiefe Fenster eingesetzt, und aus dem Dach ragten zwei Ofenrohre heraus.

Aus dem einen dieser Rohre stieg ein dünner Rauch empor, und da ich daran erkannte, daß dieser Bau bewohnt war, sagte ich zu mir: ›Selbstverständlich muß ich hier hin.‹

Ich stieg eine hölzerne Treppe hinauf, die steil wie eine Leiter war und mir noch einmal den Eindruck machte, als begebe ich mich in eine Art Vogelschlag, und legte die Hand auf die Klinke der Eingangstür. Sie war unverschlossen, und da ich Stimmen drinnen hörte, trat ich ein, ohne anzuklopfen.

Niemand wendete sich nach mir um, als ich hereinkam. Ich zog mich in einen Winkel an der Tür zurück und blieb da stehen, bis man mich brauchen würde. Denn ich wußte ganz bestimmt, daß ich wegen einer ganz besonders wichtigen Sache hergekommen war.

Während ich nun da wartete, drängte sich mir unwillkürlich der Gedanke auf, daß ich hier in irgendein Wirtschaftsgebäude und nicht in eine menschliche Wohnung gekommen sei. Es war kaum ein Möbelstück zu sehen, nicht einmal ein Bett. In einer Ecke lagen ein paar schmutzige Matratzen, die offenbar als Betten dienten. Keine Stühle waren da, wenigstens keine in einem Zustand, daß man sie hätte verkaufen können, und nur ein plumper roher Tisch.

Plötzlich wurde mir klar, wo ich mich befand. Die Frau mitten im Zimmer war ja David Holms Frau. Sie waren also ausgezogen, während ich im Sanatorium gelegen hatte. Aber warum waren sie nur so erbärmlich und unbequem eingerichtet? Und wo waren ihre Möbel? Wo war der schöne Schrank und die Nähmaschine und – – – –

Ich konnte nicht noch mehr aufzählen, es fehlte einfach alles, in diesem Raum war ja so viel wie nichts.

›Wie verzweifelt die Frau aussieht!‹ dachte ich, ›Und wie ärmlich sie angezogen ist! Sie ist ja seit dem Frühjahr eine ganz andere geworden.‹

Ich wollte rasch vortreten, um sie zu fragen, hielt mich aber doch zurück, denn es waren noch zwei fremde Damen im Zimmer, die sich lebhaft mit David Holms Frau unterhielten.

Alle drei sahen sehr ernst aus, und ich verstand bald, um was es sich handelte. Die Damen wollten die beiden Kinder des armen Weibes in ein Kinderasyl bringen, damit sie nicht von dem Vater, der die Schwindsucht hatte, angesteckt würden.

Mir war, als höre ich nicht recht. ›David Holm kann doch wohl keine Tuberkeln haben‹, dachte ich. Ich hatte zwar schon einmal davon reden hören, wollte es aber nicht glauben.

Und noch etwas konnte ich mir nicht erklären. Die Damen sprachen nur von zwei Kindern, und ich war doch der Meinung es seien drei gewesen.

Es dauerte nicht lange, bis ich Aufklärung darüber erhielt. Die eine der Damen vom Wohltätigkeitsverein sah, daß die arme Mutter weinte, und sagte ihr mit freundlichen Worten, für die Kinder würde in einem Asyl in jeder Weise gesorgt, und sie hätten es da ebensogut, wie sie es daheim haben könnten.

›Ach, kümmern Sie sich nicht um meine Tränen, Frau Doktor‹, hörte ich jetzt die Frau erwidern. ›Ich würde noch mehr weinen, wenn ich die Kinder nicht wegschicken dürfte. Mein jüngstes ist schon im Spital, und als ich sah, wie sehr es leiden muß, hab ich mir gelobt, wenn ich die beiden anderen von Hause wegbringen könnte, würde ich kein Wort darüber sagen, sondern nur froh und dankbar sein.‹

Als die Frau dies sagte, überfiel mich eine beklemmende Angst. Was hatte David Holm seiner Frau, seinem Heim, seinen Kindern angetan? Oder besser gesagt, was hatte ich getan? Ich, ich hatte sie hierhergeschleppt.

Ich stand noch in meiner Ecke und konnte die Tränen nicht zurückhalten, ja, ich schluchzte laut, und es war mir unbegreiflich, daß die anderen nicht aufmerksam auf mich wurden; aber keine von den dreien schien mich zu bemerken.

Jetzt wendete sich die Frau nach der Tür, indem sie sagte:

›Ich will auf die Straße hinuntergehen, um die Kinder zu holen, sie sind nicht weit weg.‹

Sie ging so dicht an mir vorüber, daß ihr ärmliches geflicktes Kleid meine Hand streifte. Da sank ich auf die Knie nieder, zog ihren Rock an meine Lippen und küßte ihn weinend. Aber ich brachte kein Wort heraus. Das Unrecht, das ich dieser Frau angetan hatte, war zu groß.

Sie kümmerte sich indes nicht im geringsten um mich, und das verwunderte mich über die Maßen; aber es war mir auch wohl verständlich, daß sie mit der, die sie und ihre Kinder ins Unglück gestürzt hatte, nicht reden wollte.

Die arme Mutter kam jedoch nicht dazu, das Zimmer zu verlassen, denn eine der Damen sagte, ehe sie die Kinder hereinrufe, müsse noch etwas in Ordnung gebracht werden. Damit nahm sie ein Papier aus ihrer Handtasche und las es Frau Holm vor. Es war ein Schein, in dem stand, daß die Eltern ihre Kinder der Obhut der Dame anvertrauten, solange in ihrer Wohnung Gefahr vorhanden sei, von Tuberkulose angesteckt zu werden, und er sollte von beiden Eltern unterschrieben werden.

An dem entgegengesetzten Ende des Zimmers war noch eine Tür. Jetzt öffnete sich diese, und David Holm trat ein. Ich war fest überzeugt, daß er horchend hinter der Tür gestanden und nur darauf gewartet hatte, sich im rechten Augenblick zu zeigen.

Er trug den alten verflickten Anzug, und in seinen Augen funkelte der frühere boshafte Glanz, und ich konnte mir nicht verhehlen, daß er sich mit offenbarer Freude umsah, wie wenn er von dem in seinem Zimmer herrschenden Elend befriedigt wäre.

Dann fing er an zu reden und sagte, er habe seine Kinder von Herzen lieb und finde es höchst grausam, daß man ihm auch noch die beiden anderen nehmen wolle, nachdem das eine schon ins Spital gebracht worden sei.

Die beiden Damen nahmen sich kaum die Mühe, ihn anzuhören, sondern sagten, wenn er die Kinder nicht hergebe, würden sie um so sicherer zugrunde gehen.

Während die Damen mit David Holm redeten, wendete ich meine Augen von diesem ab und richtete sie auf seine Frau. Sie war an die eine Wand zurückgewichen und sah ihren Mann mit einem Ausdruck an, bei dem mir schauderte: so muß ein armer Verurteilter, der ausgepeitscht und aufs Rad geflochten worden ist, seinen Henker ansehen.

Da drängte sich mir die Überzeugung auf, daß ich ein noch viel größeres Unrecht getan hatte, als mir bisher bewußt gewesen war. Ich erkannte, daß David Holm einen geheimen Haß gegen diese Frau im Herzen tragen mußte, und daß sein Wunsch, wieder mit ihr vereinigt zu werden, nicht aus der Sehnsucht nach einer behaglichen Heimat, sondern aus der Begierde, sie zu quälen, hervorgegangen war.

Ich hörte zu, wie er bei den vornehmen Damen seine Vaterliebe ins Feld führte. Sie erwiderten, diese könne er jetzt beweisen, indem er die Vorschriften des Arztes genau befolge und sich Mühe gebe, die Ansteckung nicht zu verbreiten. Wenn er das tue, würden sie ihm die Kinder natürlich lassen.

Aber keine von den beiden ahnte, was er tatsächlich im Sinne hatte; ich begriff es zuerst und dachte seufzend: ›Er will die Kinder behalten, weil es ihm einerlei ist, ob sie angesteckt werden oder nicht.‹

Seiner Frau war indessen auch ein Licht über seine Absicht aufgegangen. Wild und ganz außer sich schrie sie:

›Der Mörder! Er will mich die Kinder nicht fortschicken lassen! Er will sie zu Hause behalten, damit er sie anstecken kann und sie sterben! Er hat ausgerechnet, daß er sich dadurch an mir rächen kann!‹

David Holm drehte seiner Frau mit einem Achselzucken den Rücken.

›Ganz recht, ich will den Schein nicht unterschreiben‹, sagte er zu den beiden Damen.

Nun entspann sich ein heftiger Wortwechsel; die Frau drang mit leidenschaftlichen Worten auf David Holm ein, und selbst die beiden Damen bekamen erhitzte Wangen und sagten scharfe Worte.

Er aber stand ganz ruhig da und blieb dabei, er könne seine Kinder nicht entbehren.

Ich hörte mit unbeschreiblicher Angst zu. Keinem der anderen konnte der Auftritt so qualvoll sein wie mir, denn ich liebte ja den Mann, der diese Schandtat beging. Da stand ich und hoffte immer noch, die Damen würden das richtige ihn erweichende Wort finden, aber ein sonderbarer Bann hielt mich gefangen, und ich konnte nicht von der Stelle.

›Ach, was hilft das Streiten und Überredenwollen? Einem Mann wie David Holm muß man Angst einjagen‹, dachte ich. Weder die Frau noch die beiden fremden Damen sagten ein Wort von Gott, keine drohte ihm mit dem Zorn des ewig Gerechten. Mir war als hätte ich den strafenden Blitz in meiner Hand, aber ich konnte ihn nicht fortschleudern.

Plötzlich wurde es ganz still im Zimmer, und die beiden vornehmen Damen standen auf, um zu gehen. Sie hatten nichts erreicht, so wenig wie die Frau. Diese stritt nicht mehr, sie war verzweifelt zusammengesunken.

Noch einmal machte ich eine übermenschliche Anstrengung, um mich zu bewegen und zu reden. Die Worte brannten mir auf der Zunge.

›O du Heuchler!‹ wollte ich sagen. ›Meinst du, ich sehe nicht, was du denkst und beabsichtigst? Ich, die am Sterben ist, ich lade dich vor Gottes Richterstuhl, mit mir sollst du dort erscheinen. Ich klage dich vor dem höchsten Richter an, deine eigenen Kinder ermorden zu wollen. Ich werde gegen dich zeugen.‹

Aber als ich mich aufrichtete, um dies zu sagen, war ich nicht mehr in David Holms Wohnung. sondern hier in meinem Zimmer und lag kraftlos in meinem Bett. Und seither hab ich gerufen und gerufen, David Holm aber ist nicht gekommen!«

Die Heilsarmeeschwester hatte, während sie all dies erzählte, mit geschlossenen Augen dagelegen. Jetzt schlug sie diese weit auf und sah Georg mit unbeschreiblicher Angst an.

»Du kannst mich doch nicht sterben lassen, ehe ich mit ihm geredet habe?« sagte sie flehend. »Denk an die Kinder und an die Frau!«

Der am Boden liegende Schemen verwunderte sich über Georg. Er hätte die Sterbende ja mit einem Wort beruhigen können, indem er ihr gesagt hätte, David Holm habe ausgespielt und könne seiner Frau und seinen Kindern keinen Schaden mehr zufügen; aber er hielt mit dieser Nachricht zurück. Statt dessen entmutigte er sie noch mehr.

»Was könntest du für eine Macht über David Holm haben?« fragt er. »Er ist nicht der Mann, der sich erweichen läßt. Was du heute gesehen hast, ist nur die Rache, die er sich seit Jahren ausgedacht und auf die er sich die ganze Zeit über gefreut hat.«

»Ach, sag das nicht, sag das nicht!« ruft die arme Kranke aus.

»Ich kenne ihn besser als du«, erwidert der Fuhrmann. »Und ich will dir sagen, was David Holm zu dem gemacht hat, was er jetzt ist.«

»Das möchte ich gerne hören!« sagt die Kranke. »Es wäre gut für mich, wenn ich ihn verstehen lernte.«

»Dann mußt du mit mir in eine andere Stadt kommen, und wir müssen dort vor dem Zellengefängnis warten«, sagt der Fuhrmann. »Es ist gegen Abend, und ein Mann, der wegen Trunksucht acht bis vierzehn Tage gesessen hat, wird soeben freigelassen. Niemand erwartet ihn am Gefängnistor; aber er bleibt stehen und schaut sich um, in der Hoffnung, jemand kommen zu sehen, denn das hat er sich so sehr gewünscht.

Der Mann, der aus dem Gefängnis kommt, ist eben vorher die Beute einer großen Gemütsbewegung gewesen. Während er da drinnen saß, hat sich sein jüngerer Bruder ins Unglück gestürzt. Er hat im Rausch einen anderen erschlagen und ist nun im Gefängnis. Der ältere Bruder hat nichts von der ganzen Sache gewußt, bis ihn der Gefängnisgeistliche in die Zelle des Mörders geführt und ihm den jungen Mann gezeigt hat, der noch Handschellen anhatte, denn er hatte sich beim Festnehmen heftig gewehrt.

›Kennst du den, der da drinnen sitzt?‹ hat ihn der Pfarrer gefragt. Der Mann erkennt seinen Bruder nun, und ist tief erschüttert, denn diesen Bruder hatte er immer herzlich lieb gehabt.

›Der Ärmste muß nun viele Jahre lang im Gefängnis sitzen‹, sagte der Pfarrer; ›aber, David Holm, wir alle hier sagen, eigentlich müßtest du statt seiner die Strafe leiden, denn du bist derjenige, der ihn verlockt und verführt hat, bis er ein solcher Trunkenbold geworden ist, der nicht mehr weiß, was er tut.‹

Nur mit knapper Not hatte David sich ruhig verhalten können, bis er wieder in seiner Zelle war; da aber war er in einen Tränenstrom ausgebrochen und hatte so geweint, wie er es seit seiner Kindheit nicht mehr getan hatte. Und dann hatte er sich gesagt, nun wolle er sich von seinen bösen Wegen abwenden. Er hat früher nicht gewußt, wie schrecklich das Bewußtsein, einen anderen, den man lieb hat, ins Unglück gestürzt zu haben, auf einem lastet. Dann hatten sich seine Gedanken von seinem Bruder auf seine Frau und Kinder hingelenkt, und er hatte plötzlich begriffen, wie schwer sie es hatten, und hatte sich gelobt, von nun an sollten sie sich nicht mehr über ihn zu beklagen haben. Und in dieser Abendstunde nun, wo er aus dem Gefängnis entlassen ist, sehnt er sich nach seiner Frau, um ihr zu sagen, daß er ein neues Leben beginnen wolle.

Aber sie erwartet ihn nicht vor dem Gefängnistor, und er begegnet ihr auch nicht auf dem Wege. Ja, als er an ihrer Wohnung anlangt und anklopft, öffnet sie ihm nicht die Tür weit, wie sie sonst zu tun pflegte, wenn er lange abwesend war. Da durchzuckt ihn eine Ahnung, wie sich die Sache verhält; aber er will es nicht glauben. Es ist unmöglich, daß dies gerade jetzt, wo er ein neuer Mensch werden will, eintreffen sollte.

Seine Frau pflegt, wenn sie ausgeht, den Türschlüssel immer unter den Türvorleger zu stecken. David Holm bückt sich nieder und findet ihn an dem gewohnten Platz. Er öffnet die Tür, sieht sich in seiner Wohnung um und fragt sich, ob er am Ende falsch gegangen ist; denn das Zimmer ist vollkommen leer, das heißt, es ist eigentlich nicht leer, die meisten Möbel stehen noch drin, aber kein Mensch ist zu sehen.

Nein, kein Mensch, und auch keine Lebensmittel, kein Brennholz und keine Vorhänge an den Fenstern! Unfreundlich und kalt und verkommen sieht es in dem Raum aus, wie wenn er seit mehreren Jahren nicht mehr bewohnt wäre.

Er geht zu den Nachbarn und fragt, ob seine Frau während seiner Abwesenheit krank geworden sei. Er versucht sich einzubilden, sie sei vielleicht ins Spital gebracht worden.

Aber die Nachbarn antworten:

›O nein, sie war ganz gesund, als sie fortging.‹

›Aber wo ist sie denn hingegangen?‹ fragt er.

Ja, das weiß niemand.

Er sieht, daß die Nachbarn neugierig und schadenfroh sind, und er ahnt wieder, daß es nur eine Erklärung gibt. Ja, seine Frau hat die Gelegenheit benutzt, während er im Gefängnis saß, und ist auf und davon gegangen. Sie hat die Kinder und das Notwendigste mitgenommen, ihn aber hat sie nicht im geringsten darauf vorbereitet, sondern ihn in diese Öde heimkehren lassen. Und er, er hat mit einer so großen Freude zu ihr kommen wollen! Er hat sich genau eingeprägt, was er zu ihr sagen wollte, hat sie so recht von Herzen um Verzeihung bitten wollen! David Holm hat einen Freund, einen Mann, der der gebildeten Gesellschaftsklasse angehört hat, aber ganz verkommen ist. Nun hatte er versprechen wollen, er werde dessen Gesellschaft nicht mehr aufsuchen, obgleich er nicht nur von dem Schlechten in dem Menschen angezogen wird, sondern auch weil dieser Bildung und Kenntnisse hat. Am nächsten Tag hat er zu seinem alten Meister hingehen und diesen bitten wollen, ihn wieder in Arbeit zu nehmen. Er hatte für seine Frau und Kinder wie ein Sklave arbeiten wollen, damit sie hübsche Kleider bekommen und nicht einen einzigen sorgenvollen Tag mehr gehabt hätten. Und jetzt, jetzt, wo er sich das alles ausgedacht hat, ist sie auf und davon gegangen!

Es überläuft ihn heiß und kalt, es graust ihm vor ihrer Herzlosigkeit. Ja, er hätte es verstehen können, wenn sie nur offen und ehrlich von ihm gegangen wäre. Dann hätte er gar kein Recht gehabt, böse darüber zu sein, denn sie hat es wahrlich schwer bei ihm gehabt. Aber daß sie sich so fortgestohlen hat und ihn ohne eine Benachrichtigung in die verlassene Wohnung hat kommen lassen, das war herzlos. Das würde er ihr niemals verzeihen.

Er war vor allen Menschen entehrt. In diesem Augenblick verspottete man ihn im ganzen Straßenviertel. Aber den Leuten sollte das Lachen vergehen, das gelobte er sich. Er würde seine Frau schon wieder finden, und dann würde er sie so unglücklich machen, wie er selbst war, ja doppelt so unglücklich. Er wollte sie lehren, wie das ist, wenn man so bis ins innerste Herz hinein fror, wie er gerade jetzt.

Sich auszudenken, wie er seine Frau strafen wollte, wenn er sie wiedergefunden hätte, war die einzige Linderung, die er sich verschaffen konnte. Dann hat er drei Jahre lang nach ihr gesucht und gesucht und seinen Haß immer an dem Gedanken geschürt, was sie ihm angetan hatte, so daß es in seinen Augen schließlich zu einem maßlosen Verbrechen wurde. Allein war er auf einsamen Wegen umhergezogen, und während dieser Zeit hatten Haß und Rachsucht bei ihm immer zugenommen. Er überlegte und sinnierte so lange, bis er sich so recht spitzfindig ausgedacht hatte, wie er sie quälen könnte, wenn sie wieder beisammen wären.«

Die junge Heilsarmeeschwester hat bis dahin geschwiegen, ist aber der Erzählung mit lebhaftem Mienenspiel gefolgt. Doch jetzt unterbricht sie die düstere Gestalt mit ängstlicher Stimme:

»Ach nein, sag nichts mehr! Es ist zu schrecklich. Wie soll ich verantworten können, was ich getan habe? Ach, ach, daß ich sie zusammengeführt habe! Seine Sündenschuld wäre nicht so groß geworden, wenn ich nicht gewesen wäre!«

»Nein, ich werde nichts mehr sagen«, versetzt der Fuhrmann, »Ich will dir ja nur begreiflich machen, daß es gar keinen Zweck hat, wenn du um Aufschub bittest.«

»Ach, aber ich möchte es trotzdem!« ruft sie in großer Seelenangst, »Ich kann nicht sterben, ich kann nicht! Gib mir nur noch einige Augenblicke! Du weißt ja, daß ich ihn liebe. Ich hab ihn noch nie so geliebt wie heute.«

Der Schemen an der Tür zuckt zusammen. Während der ganzen Unterhaltung zwischen dem Fuhrmann und Schwester Edith hat er die Sterbende betrachtet. Jedes Wort hat er ihr förmlich von den Lippen gesogen, und jeder Wechsel in ihrem Ausdruck wird ihm ewig unvergeßlich sein. Alles, was sie gesagt hat, auch als sie ihn am härtesten verurteilte, klang ihm hold in den Ohren, ihre ganze Angst und ihr Mitleid, als Georg seine Geschichte erzählte, hat seine Wunden geheilt. Er könnte dem, was er für sie fühlt, noch keinen Namen geben, er weiß nur, daß er von ihr alles ertragen könnte. Die Tatsache, daß sie ihn gerade so geliebt hat, wie er gewesen ist, deucht ihm etwas übermenschlich Herrliches. So oft sie es ausspricht, daß sie ihn liebt, geht ein Entzücken durch seine Seele, wie er es nie für möglich gehalten hätte. Er versucht, die Aufmerksamkeit des Fuhrmanns auf sich zu lenken; dieser sieht aber gar nicht nach der Seite, wo er liegt. Da versucht er sich aufzurichten, fällt aber sofort unter unsäglichen Schmerzen wieder zurück.

Jetzt sieht er, wie sich die Kranke ängstlich und unruhig im Bett bewegt. Sie hebt flehend die gefalteten Hände zu Georg auf; aber dessen Gesicht bleibt streng und unerbittlich.

»Ich würde dir Aufschub geben, wenn dir ein solcher etwas nützen könnte«, sagt er zu ihr. »Aber ich weiß, daß du keine Macht über diesen Mann hast.«

Darauf neigt er sich über sie, um die Worte auszusprechen, die die Seele aus der irdischen Hülle befreien. Doch in diesem Augenblick kommt eine dunkle Gestalt auf dem Boden zu der Sterbenden herangekrochen. Mit unerhörter Anstrengung und trotz der unsäglichsten Schmerzen, wie er sie niemals hätte ahnen können, hat David Holm seine Fesseln zerrissen, um zu ihr hinzugelangen. Er ist überzeugt, daß er für diese Widersetzlichkeit durch endlos andauernde Schmerzen gestraft werden wird; aber Schwester Edith soll nicht noch länger umsonst auf ihn warten, wenn er sich mit ihr in demselben Zimmer befindet.

Er hat sich auf die andere Seite des Bettes geschlichen, wo sein Feind Georg ihn nicht sehen kann, und er gelangt wirklich so nahe an die Sterbende hin, daß er eine ihrer Hände ergreifen kann.

So unmöglich es ihm auch ist, nur den allergeringsten Druck auf diese Hand auszuüben, so empfindet sie doch seine Nähe, und mit einer hastigen Bewegung wendet sie sich nun David Holm zu. Sie sieht ihn neben sich, auf den Knien, ja, noch mehr, er hat den Kopf bis auf den Boden gedrückt und wagt nicht zu ihr aufzusetzen, nur mit der Hand, die die ihrige umfaßt, teilt er ihr seine Liebe, seine Dankbarkeit, die beginnende Erweichung seines Herzens mit.

Da fliegt der Glanz seligsten Glücks über ihr Antlitz hin. Sie hebt die Augen und sieht ihre Mutter, sieht die beiden Freunde an, wie wenn sie erst jetzt Zeit hätte, ihnen zum Abschied ein letztes Wort zu sagen, mit dem sie deren Mitgefühl für das Herrliche, was ihr widerfahren ist, gewinnen kann. Mit ihrer freien Hand deutet sie auf den Boden, damit die anderen sähen, daß David Holm da bußfertig und reuevoll zu ihren Füßen liegt, und ihre unaussprechliche Freude teilen. Aber in demselben Augenblick beugt sich der Schwarzgekleidete über sie und sagt:

»Du Gefangene, du Holdselige, tritt heraus aus deinem Gefängnis!«

Da sinkt die Kranke in ihr Kissen zurück, und das Leben verläßt sie mit einem Seufzer.

In demselben Augenblick wird David Holm von einer harten Hand weggerissen. Die Fesseln, die er nicht sehen, sondern nur fühlen kann, legen sich aufs neue um seine Arme, während seine Füße frei bleiben, und Georg tut ihm mit zornigem Flüstern kund, daß David Holm nur um der alten Freundschaft willen jetzt nicht mit fürchterlichen Qualen gestraft werde.

»Komm jetzt fort von hier!« setzt er hinzu. »Wir beide haben hier nichts mehr zu tun. Die sie aufnehmen sollen, sind da.«

Mit harter Gewalt reißt er David Holm mit sich. Dieser meint noch zu sehen, daß sich das ganze Gemach rasch mit lichten Gestalten füllt. Er meint solchen auf der Treppe und vor dem Hause zu begegnen, wird aber mit so schwindelnder Eile fortgeführt, daß er nichts deutlich unterscheiden kann.

7.

David Holm, liegt wieder ausgestreckt auf dem Totenkarren. Er ist zornig, nicht allein auf die ganze Welt, sondern auch auf sich selbst. Was war doch das für ein Wahnsinn, der ihn vorhin überfallen hatte? Warum hatte er sich wie ein reuevoller und bußfertiger Sünder Schwester Edith zu Füßen geworfen? Georg lachte ihn gewiß aus. Ein rechter Mann muß für seine Taten einstehen können. Er weiß ja, warum er sie begangen hat. Sicherlich wird ein rechter Mann nicht all sein eigenes über Bord werfen, nur weil ein junges Mädchen behauptet, sie sei in ihn verliebt.

Was war ihn nur angekommen? War das Liebe? Aber er war ja tot. Er war tot. Was sollte das auch für eine Art Liebe sein?

Der lahme Gaul hat sich wieder in Bewegung gesetzt. Jetzt geht es durch eine der äußeren Straßen der Stadt, ja, es geht zur Stadt hinaus. Die Häuser werden immer vereinzelter, und die Straßenlaternen stehen immer weiter auseinander. Man kann jetzt schon die Stadtgrenze sehen, wo sie ganz aufhören. Je näher das Gefährt der letzten Laterne kommt, desto mehr bemächtigt sich David Holms eine Art Betrübnis, eine unerklärliche Angst davor, die Stadtgrenze zu verlassen. Er fühlt, daß er nun von etwas fortgeführt wird, das er nie hätte verlassen sollen.

Und in demselben Augenblick, wo er diese Angst fühlt, hört er durch das entsetzliche Knirschen und Rasseln des Karrens hindurch den Laut sprechender Stimmen. Er senkt den Kopf, um zu lauschen. Es ist Georg, der mit jemand spricht, der offenbar mit im Karren fährt, ein Fahrgast, den David Holm bis jetzt nicht bemerkt hat.

»Jetzt darf ich nicht weiter mitkommen«, sagt eine sanfte, aber vor Schmerz und Leid kaum vernehmbare Stimme, »Ich hätte ihm so viel zu sagen gehabt; aber er liegt so böse und aufgebracht da, daß ich mich ihm weder sichtbar noch vernehmlich machen kann. Du mußt ihm deshalb meinen Gruß überbringen und ihm sagen, daß ich hier war, um mit ihm zu reden; aber von diesem Augenblick an ziehe ich fort, und ich darf mich ihm so nicht zeigen, wie ich jetzt bin - - -«

»Aber wenn er sich bessert und bereut?« fragt Georg.

»Du hast ja selbst gesagt, er könne sich nicht mehr bessern«, sagt die Stimme in bebendem Schmerz. »Du sollst ihn von mir grüßen und ihm sagen, ich hätte geglaubt gehabt, wir würden ewig zusammen gehören; aber jetzt, von diesem Augenblick an, wird er mich nie wiedersehen.«

»Aber wenn er seine bösen Taten sühnt?« sagt Georg.

»Nicht wahr, du wirst ihn von mir grüßen und ihm sagen, daß ich ihn nicht weiter als bis an die Grenze der Stadt habe begleiten dürfen«, klagt die Stimme. »Und du bringst ihm mein Lebewohl?«

»Aber wenn er sich ändert und ein anderer wird?« versetzt Georg.

»Grüß ihn und sag ihm, ich werde ihn immer lieben. Eine andere Hoffnung kann ich ihm nicht geben«, sagt die Stimme mit noch wehmütigerem Klang als vorher.

David hat sich im Karren auf die Knie aufgerichtet. Bei diesen Worten strengt er sich aufs äußerste an, und plötzlich steht er in seiner vollen Größe aufrecht da. Er faßt nach etwas, das ihm zwischen dem unsicheren Griff seiner gefesselten Hände hindurchflattert. Es ist ihm nicht gelungen, es deutlich zu unterscheiden, aber es hinterläßt den Eindruck von etwas schimmernd Hellem und nie geahnter Schönheit.

David Holm will sich losreißen und der entfliehenden Erscheinung nacheilen; aber jetzt wird er von etwas zurückgehalten, das ihn mehr lähmt als Fesseln und Banden.

Die Liebe ist es, die Liebe der Geister, die, von der die Liebe irdischer Menschen nur eine schwache Nachbildung ist, sie ist es, die ihn, gerade wie vorhin an dem Sterbebette, auch jetzt wieder überwältigt. Sie hat ihn langsam durchglüht, wie ein Feuer, das im Auflodern ist, langsam das Brennholz durchglüht. Man merkt kaum etwas von ihrer Arbeit, aber ab und zu schickt sie doch eine lodernde Flammenzunge aus, die beweist, daß sie dabei ist, das ganze Wesen in volle Glut zu versetzen. Und eine solche Flammenzunge ist jetzt in David Holm aufgelodert. Sie leuchtet nicht mit voller Stärke, aber ihr Licht genügt ihm, die Geliebte so herrlich zu sehen, daß er niedersinken muß, von seiner Machtlosigkeit erschüttert. Und er erkennt, daß er es nicht wagen darf, es nicht wagen wollte und es nicht ertragen würde, sich ihr zu nähern.

8.

Der Fuhrmann fuhr mit seinem Karren in tiefer Dunkelheit dahin. Auf beiden Seiten ragte dichter hoher Wald auf, und der Weg war so schmal, daß man den Himmel über sich nicht wahrnehmen konnte. Hier schien sich das Pferd noch langsamer zu bewegen als sonst, und das Knirschen der Räder wurde noch schriller. Die sich verklagenden Gedanken in der

Seele erklangen immer eindringlicher, die hoffnungslose Einförmigkeit wurde größer als bisher. Einmal zog Georg an den Zügeln, so daß das Knirschen einen Augenblick aufhörte, und rief mit lauter durchdringender Stimme:

»Was ist all die Qual, die ich leide, was all die Qual, die mich erwartet, gegen das Bewußtsein, daß ich nicht mehr in Ungewißheit über das bin, das zu wissen von größtem Wert ist? Ich danke dir, Gott, daß ich aus der Finsternis der Welt herausgekommen bin. Ich lobe und preise dich in all meinem Elend, weil ich nun weiß, daß du mir die Gabe des ewigen Lebens geschenkt hast.«

Die Fahrt begann aufs neue mit dem Gerassel und Knirschen, aber die Worte des Fuhrmanns klangen noch lange in David Holms Ohren. Jetzt zum ersten Male fühlte er ein bißchen Mitleid mit seinem alten Kameraden.

›Georg ist ein tapferer Mann‹, denkt er. ›Er klagt nicht, obgleich es für ihn keine Hoffnung gibt, seiner Qual zu entgehen.‹

* *
*

Das war eine lange Reise, die kein Ende nehmen wollte.

Als die Fahrt so lange gedauert hatte, daß David Holm annahm, sie müßten einen vollen Tag gefahren sein, erreichten sie eine weite Ebene, über der sich jetzt ein klarer wolkenloser Himmel ausspannte, an dem ein glänzender Halbmond gerade zwischen dem Aronsstab und den Plejaden dahinsegelte.

Mit kriechender Langsamkeit hinkte der lahme Gaul über die Ebene hin, und als diese endlich hinter ihnen lag, schaute David Holm zum Monde empor, um zu sehen, wie weit er indessen in seiner Bahn gekommen sei. Da wurde er gewahr, daß er gar nicht vorgerückt war, und David Holm verwunderte sich höchlich darüber.

Sie fuhren weiter. In langen Zwischenräumen warf David Holm einen Blick zum Himmel empor; aber immer noch blieb der Mond auf demselben Platz zwischen dem Aronsstab und den Plejaden und rührte sich nicht.

Da überkam David eine Erkenntnis: Obgleich er meinte, sie seien schon so lange wie einen vollen Tag gefahren, so war doch kein Wechsel von Nacht zum Morgen eingetreten und nicht von Tag zum Abend, sondern dieselbe Nacht hatte die ganze Zeit geherrscht.

Stundenlang, stundenlang, deuchte es ihm, fuhren sie immer weiter, aber an dem großen Zifferblatt des Himmels bewegte sich keiner der Zeiger, sondern alles blieb an demselben Platz.

Er hätte glauben können, die Welt sei in ihrem Lauf aufgehalten worden, wenn ihm jetzt nicht eingefallen wäre, daß ihm Georg gesagt hatte, die Zeit werde ausgedehnt und ausgedehnt, damit der Fuhrmann an alle die Orte, die er erreichen müsse, hingelangen könne. Mit Zittern fühlte er, daß das, was sich für ihn zu halben und ganzen Tagen ausdehnte, nach menschlicher Berechnung höchstens ein paar Minuten sein konnten.

In seiner Kindheit hatte er einmal von einem Mann erzählen hören, der zu den Seligen im Himmel gekommen war. Als dieser Mann dann wieder zurückgekehrt war, hatte er gesagt, hundert Jahre im Himmel seien ebenso schnell vergangen wie ein Tag auf der Erde.

Aber wer den Totenkarren fahren mußte, für den wurde vielleicht ein einziger Tag ebenso lang wie hundert Jahre auf Erden.

Da fühlte David Holm aufs neue ein bißchen Mitleid mit Georg.

›Es wundert mich nicht, daß er sich nach Ablösung sehnt‹, denkt er. ›Dies ist ein sehr langes Jahr für ihn gewesen.‹ – – –

Während sie einen hohen Hügel hinauffuhren, gewahrten sie eine Person, die noch langsamer vorwärts kam als der Karren, und die sie also einholen konnten.

Es war eine alte buckelige, gebrechliche Frau, die sich mit Hilfe eines dicken Stocks vorwärts schleppte und trotz ihrer Schwäche ein sehr schweres Bündel trug, das die Ärmste ganz auf die eine Seite herabzog.

Es sah aus, als habe die Alte die Fähigkeit, den Totenkarren wahrzunehmen, denn sie ging ihm aus dem Weg, als er sie eingeholt hatte, und blieb am Grabenrand stehen.

Dann ging sie ein wenig rascher vorwärts und hielt Schritt mit dem Karren, den sie die ganze Zeit prüfend betrachtete, um herauszubringen, was denn das für eine Art Fuhrwerk war.

In dem hellen Mondschein blieb ihr nicht lange verborgen, daß eine alte blinde Schindmähre davorgespannt, daß das Wagengeschirr mit Weiden und alten Schnüren zusammengebunden und daß der Karren ganz ausgeleiert und in beständiger Gefahr war, seine beiden Räder zu verlieren.

»Das ist aber doch sonderbar!« murmelte sie vor sich hin, ohne zu ahnen, daß die Insassen sie hören konnten, »Wie kann jemand mit so einem Fuhrwerk und so einem Gaul umherfahren? Ich hatte gemeint, ich könnte den Fuhrmann bitten, mich eine Strecke weit mitzunehmen; aber das arme Tier kann sich ja kaum selbst weiter schleppen, und der Karren würde vollends zusammenbrechen, wenn ich aufstiege.«

Aber kaum hatte sie das gesagt, als Georg sich über den Karren herausbog und sein Fuhrwerk zu loben begann.

»Ach, der Karren und das Pferd sind gar nicht so schlecht, wie Ihr meint«, sagte er, »Ich bin mit ihm über brausende Meere gefahren, wo haushohe Wogen dahergerollt kamen, die große Schiffe zum Sinken brachten, während sie mir nichts anhaben konnten.«

Die Alte war ein bißchen verblüfft, dachte aber, da sei sie mit einem spaßigen Fuhrmann zusammengetroffen, und sie war nicht faul mit ihrer Antwort.

»Ihr seid vielleicht Leute, die sich besser auf das brausende Meer verstehen als auf das Land«, erwiderte sie; »denn es sieht mir aus, als kämet ihr hier nur sehr mühselig vorwärts.«

»Ich bin durch jäh hinabführende Grubenschächte geradenwegs in die Eingeweide der Erde hineingefahren, ohne daß der Gaul ausgeglitten ist«, nahm der Fuhrmann wieder das Wort, »Und ich bin mitten durch brennende Städte gefahren, wo das Feuer auf allen Seiten wie ein Feuermeer loderte. Kein Feuerwehrmann hat sich so weit ins Feuer und in den Rauch hineingetraut wie dieses Pferd, ohne zurück zu scheuen.«

»Ihr wollt Euch über eine alte Person lustig machen, Fuhrmann«, sagte die Frau.

»Manchmal hab' ich auf den höchsten Bergen zu tun gehabt, wo nirgends ein gebahnter Pfad war«, fuhr der Fuhrmann fort. »Aber das Pferd ist Felswände hinaufgeklettert und hat sich bis über den Rand von Abgründen hinausgewagt, und der Karren hat doch zusammengehalten, ob auch der Weg an manchen Stellen ganz mit Felsblöcken übersät war. Ich bin über Moore gefahren, auf denen man nirgends festen Fuß fassen konnte, weil keine Erdscholle herausragte, die auch nur ein Kind getragen hätte, und Schneewehen, die mannshoch aufgetürmt in meinem Weg lagen, haben mich nicht aufhalten können; deshalb meine ich keinen Grund zu haben, mich über mein Gefährt zu beklagen.«

»Ja, wenn es so ist, wie Ihr sagt, dann wundere ich mich nicht, daß Ihr zufrieden seid«, sagte die Alte, dem Fuhrmann beipflichtend. »Ihr seid wohl selbst ein richtiger großer Herr, da Ihr so ein prächtiges Fuhrwerk habt.«

»Ich bin der Starke; der Gewalt über die Menschenkinder hat«, erwiderte der Fuhrmann, und nun hatte seine Stimme einen vollen und tiefen Klang. »Ich bezwinge sie, mögen sie in hohen Sälen oder in niederen Kellerlöchern wohnen. Dem Sklaven gebe ich die Freiheit, und ich reiße die Könige von ihren Thronen. Keine Burg ist so mächtig, daß ich ihre Mauern nicht erklimmen könnte. Keine Wissenschaft ist so tief, daß sie einen Damm gegen mein Vordringen auswerfen könnte. Ich schlage die Sicheren, gerade wenn sie sich in ihrem Glück sonnen, und ich schenke Schätze und Güter den Elenden, die in Armut verschmachtet sind.«

»Hab' ich mir's nicht gedacht, daß ich hier mit einem großen Herrn zusammengetroffen bin!« rief die Alte lachend. »Aber da du so mächtig bist und ein so prächtiges Fuhrwerk hast, könntest du mich auch eine Strecke weit mitfahren lassen. Ich bin auf dem Weg zu meiner Tochter, um den Silvesterabend bei ihr zu verbringen, habe mich aber verirrt und fürchte, ich muß die ganze Nacht auf der Landstraße umherwandern, wenn du mir nicht hilfst.«

»Nein, darum sollt Ihr mich nicht bitten«, versetzte der Fuhrmann. »Es ist immer noch besser für Euch, Ihr geht auf der Landstraße weiter, als daß Ihr in meinem Karren fahrt.«

»Ja, da muß ich dir recht geben«, sagte die Alte. »Dein Pferd würde sicher zusammenbrechen, wenn es mich auch noch ziehen müßte. Aber mein Bündel will ich hier hinten hineinlegen, so viel könntest du mir doch helfen.«

Ohne eine Erlaubnis abzuwarten, hob sie ihr Bündel auf und legte es in den Karren hinein. Aber wie wenn sie es auf wallenden Rauch oder wogenden Nebel gesetzt hätte, sank es ohne den geringsten Widerstand auf die Erde herab.

Zugleich mußte indes die Alte die Kraft verloren haben, den Karren zu sehen, denn sie blieb ratlos und zitternd auf dem Weg stehen, ohne noch einen Versuch zu machen, mit dem Fuhrmann zu reden.

Diese Unterhaltung flößte David Holm abermals ein wenig Mitleid mit Georg ein.

›Er hat gewiß allerhand durchmachen müssen‹, denkt er. ›Ich kann mich nicht mehr darüber wundern, daß er sich verändert hat.‹

9.

Der Fuhrmann hat David Holm in ein Gemach mit hohen, aber vergitterten Fenstern und kahlen, hellen Wänden ohne den geringsten Schmuck geführt. Mehrere Betten stehen an den Wänden, von denen aber nur eines besetzt ist. Ein schwacher Arzneigeruch schlägt David Holm entgegen, ein Mann in der Uniform eines Gefangenenwärters sitzt neben dem Bett, und David Holm begreift, daß er in das Krankenzimmer eines Gefängnisses gekommen ist.

An der Decke brennt eine kleine elektrische Lampe, und bei deren Schein sieht David Holm in dem einen Bett einen jungen kranken Menschen mit einem schönen, aber abgezehrten Gesicht. Aber kaum hat er einen Blick auf den Gefangenen geworfen, als er auch schon vergißt, daß er vorhin milder gegen Georg gestimmt gewesen war, und er ist auf dem Punkt, sich mit der vorigen Wut auf Georg zu stürzen.

»Was hast du hier zu tun?« bricht er los. »Wenn du dem, der da in dem Bett liegt, etwas zuleid tust, dann sind wir Feinde für ewige Zeiten, das laß dir gesagt sein!«

Der Fuhrmann sieht David Holm mit einem Blick an, der eher mitleidsvoll als strafend ist.

»Ich begreife nun, wer es ist, der da liegt, David; aber ich hab' es nicht gewußt, als wir herfuhren.«

»Ob du es gewußt hast oder nicht, ist ganz einerlei, Georg, wenn du nur begreifst – – –« Doch jäh bricht er ab, Georg hat nur eine befehlende Bewegung mit der Hand gemacht, und David Holm versinkt, von einer unwiderstehlichen Angst bezwungen, in Schweigen.

»Für uns beide gibt's nichts anderes als Unterwerfung und Gehorsam«, sagt der Fuhrmann. »Du hast nichts zu wünschen oder zu verlangen, sondern nur ruhig auf Aufklärung zu warten.«

Damit zieht Georg seine Kapuze tief übers Gesicht herein, zum Zeichen, daß er vorderhand kein Wort mehr wechseln will, und in der nun eintretenden Stille hört David Holm, daß der kranke Gefangene mit seinem Wärter zu reden angefangen hat.

»Herr Aufseher, glauben Sie, daß ich wieder recht werden kann?« fragt er mit einer schwachen, aber durchaus nicht mutlosen oder traurigen Stimme.

»Ei freilich, freilich können Sie das, Holm«, sagt der Aufseher freundlich, obgleich mit etwas unsicherem Ton. »Sie müssen sich nur ein wenig erholen und das Fieber überwinden.«

»Sie wissen wohl, daß ich nicht an das Fieber gedacht habe«, erwidert der Kranke. »Ich meine, ob Sie, Herr Aufseher, meinen, ich könne wieder heraufkommen. Das ist nicht so leicht, wenn man wegen Totschlag im Gefängnis gesessen hat.«

»Es wird schon gehen, Holm, da Sie jemand haben, zu dem Sie gehen können«, antwortet der Aufseher. »Sie haben mir wenigstens gesagt, Sie wüßten einen Ort, wo Sie aufgenommen würden.«

Ein schönes Lächeln fliegt über das Gesicht des Kranken.

»Wie hat mich der Herr Doktor heute abend gefunden?« fragt er dann.

»Keine Gefahr, Holm, keine Gefahr! Der Doktor sagt immer das Gleiche. ›Wenn ich ihn nur außerhalb dieser Mauern hätte, dann würde ich ihn bald wieder auf die Beine bringen‹, sagt er.«

Der Gefangene dehnt die Brust und zieht die Luft durch die Zähne ein.

»Außerhalb dieser Mauern, ja«, murmelt er leise vor sich hin.

»Ich wiederhole nur, was der Doktor zu mir zu sagen pflegt«, fahrt der Aufseher fort. »Aber Sie dürfen das nicht so genau nehmen, Holm, damit Sie uns nicht wieder auf und davon gehen wie im Herbst vor einem Jahr. Dadurch ziehen Sie es nur selbst in die Länge, verstehen Sie, Holm?«

»O, Sie brauchen keine Angst zu haben, Herr Aufseher. Ich bin jetzt viel klüger als damals. Jetzt bin ich nur noch darauf aus, bald von hier entlassen zu werden. Und nachher fange ich ein neues Leben an.«

»Ja, da haben Sie recht, Holm, es wird ein neues Leben für Sie werden«, sagt der Wächter mit einem etwas feierlichen Ton.

David Holm sitzt dabei und ängstigt sich mehr als der Kranke.

»Er ist hier im Gefängnis angesteckt worden«, murmelt er, während er den Körper angstvoll hin und her wiegt. »Und jetzt ist er hoffnungslos zugrunde gerichtet, er, der so schön und stark und so froh war!«

»Herr Aufseher, haben Sie nicht – – –« fängt der Kranke wieder an; da er aber in demselben Augenblick eine leichte Bewegung der Ungeduld bei seinem Wärter wahrnimmt, fragt er hastig: »Vielleicht ist es gegen die Vorschrift, wenn ich rede?«

»Nein, nein, heute nacht dürfen Sie reden, so viel Sie wollen, Holm.«

»Heute nacht – – – –« wiederholt der Kranke nachdenklich. »Jaso, vielleicht weil es Neujahrsnacht ist.«

»Ja«, antwortet der Aufseher. »Ja, weil ein gutes neues Jahr für Sie beginnt, Holm.«

»Der Mann da weiß, daß er heute nacht sterben wird«, klagt in seiner Machtlosigkeit der Bruder des kranken Gefangenen. »Das ist der Grund, warum er so freundlich gegen ihn ist.«

»Herr Aufseher, haben Sie nicht seit jener Flucht eine Veränderung an mir wahrgenommen?« nimmt der Kranke die vorhin unterbrochene Frage wieder auf. »Sie haben doch seither keine Mühe mehr mit mir gehabt, nicht wahr, Herr Aufseher?«

»Ganz recht, Sie sind seither so folgsam wie ein Lamm gewesen, und ich habe gar keinen Grund gehabt, unzufrieden mit Ihnen zu sein. Aber ich rate Ihnen aufs neue, tun Sie das nicht noch einmal.«

Der Kranke lächelt.

»Herr Aufseher, haben Sie sich nicht gefragt, was der Grund von dieser Veränderung sein könnte?« fragt er dann. »Vielleicht haben Sie gedacht, sie komme nur daher, weil ich nach der Flucht kränker geworden bin?«

»Ja, das haben wir uns ungefähr gedacht.«

»Aber es war durchaus nicht deshalb, es hat einen ganz anderen Grund«, versetzt der Kranke. »Ich habe mir noch nie davon zu reden getraut, aber heute nacht will ich es Ihnen erzählen, Herr Aufseher.«

»Nun fürchte ich fast, daß Sie doch zu viel reden, Holm«, erwidert der Aufseher; als er aber sieht, daß sich das Gesicht des Kranken umwölkt, fügt er freundlich hinzu: »Ja, nicht weil ich es müde wäre, Ihnen zuzuhören, es ist Ihrer selbst wegen, Holm.«

»Haben Sie alle hier im Gefängnis es nicht merkwürdig gefunden, daß ich freiwillig wiedergekommen bin?« fährt der Kranke fort. »Niemand hatte eine Ahnung gehabt, wo ich mich aufhielt, und ich selbst ging auf das Schultheißenamt und meldete mich aus ganz freien Stücken. Nun, Herr Aufseher, was glauben Sie, warum ich so etwas Ungewöhnliches getan habe?«

»Wir dachten natürlich, es sei Ihnen so schlecht gegangen, daß Sie es fürs beste hielten, sich gutwillig wieder einzufinden.«

»Ja, in den ersten Tagen, da war's mir freilich herzlich schlecht gegangen, das ist wahr. Aber ich war ja drei Wochen fortgewesen. Haben sie denn alle gemeint, ich hätte die ganze Zeit im wilden Walde zugebracht und überdies mitten im Winter?«

»Wir mußten es ja glauben, da Sie es doch sagten, Holm.«

Der Gefangene sieht außerordentlich vergnügt aus, als er sagt:

»Ja, man muß ja der hohen Obrigkeit manchmal so etwas weismachen, damit die, die einem geholfen haben, nicht in die Patsche kommen. Also darf man ja gar nichts anderes sagen. Wenn einer den Mut hat, einen ausgebrochenen Gefangenen aufzunehmen und gut gegen ihn zu sein, dann muß man ihn doch nachher schützen, so gut man kann. Damit sind Sie doch wohl einverstanden, Herr Aufseher?«

»Holm, jetzt fragen Sie mich mehr, als ich beantworten darf«, antwortete der Wächter mit derselben Geduld, die er die ganze Zeit gezeigt hat.

Der Gefangene stößt einen tiefen sehnsüchtigen Seufzer aus.

»Wenn ich es nur so lange treibe, bis ich wieder dorthin kommen kann!« beginnt er wieder. »Es war eine Familie, die ganz am Waldessaum wohnte.«

Er unterbricht sich und ringt eine Weile nach Luft. Der Aufseher sieht ihn besorgt an. Dann greift er nach der Arzneiflasche, und als er sieht, daß sie leer ist, steht er auf.

»Ich muß noch etwas von diesem hier holen«, sagt er und verläßt das Zimmer.

Im nächsten Augenblick sitzt der Fuhrmann auf seinem Platz neben dem Bett. Die Kapuze hat er zurückgeschlagen und die Sense so hingestellt, daß sie der Kranke nicht sehen kann.

Als David Holm den Fürchterlichen so nahe bei seinem Bruder sieht, bricht er in ein Wimmern aus, das fast wie das eines weinenden Kindes klingt; aber der Bruder selbst zeigt keine Aufregung. Da er hohes Fieber hat, merkt er gar nicht, daß ein anderer sich auf den Stuhl neben seinem Bett gesetzt hat, sondern meint, er habe noch immer denselben Aufseher vor sich.

»Es war ein ganz kleines Haus«, sagt er, keucht aber zwischen jedem Wort vor lauter Anstrengung.

»Sie sollten sich nicht so sehr mit dem Reden anstrengen«, sagt der Fuhrmann. »Was Sie denken, weiß die hohe Obrigkeit bis aufs Tüpfelchen genau; wir haben es nur nicht zeigen wollen.«

Der Kranke sperrt vor Verwunderung die Augen auf.

»Ja, Sie sehen mich groß an, Holm«, sagt der Fuhrmann. »Warten Sie nur, dann sollen Sie es hören. Meinen Sie nicht, wir hätten gehört, daß sich an einem Nachmittag ein Mann in ein Häuschen hineingeschlichen hat – es war das allerletzte vor dem langen Dorfe – weil er meinte, es sei niemand daheim.

Er hatte lange am Waldrand gelegen und gelauert, ob die Frau nicht weggehen würde; ihr Mann war ja natürlich bei der Arbeit draußen, und Kinder hatte er keine gesehen. – Jetzt endlich kam die Frau mit einem Milchtopf im Arm heraus, und der Mann, der genau acht gegeben hatte, wo sie den Schlüssel versteckte, schlich sich ins Haus hinein.«

»Woher wissen Sie das, Herr Aufseher?« fragt der Kranke und will sich in seiner Überraschung im Bett aufsetzen.

»Bleiben Sie ruhig liegen, Holm«, sagt der Fuhrmann überaus gutmütig, »und haben Sie keine Angst für Ihre Freunde. Auch wir beim Gefängniswesen sind doch wohl noch Menschen. Nun will ich Ihnen sagen, was ich noch weiter weiß. Als der Mann in die Stube hineinkam, erschrak er, weil sie nicht leer war, wie er geglaubt hatte. In einem großen breiten Bett an der hinteren Wand lag ein krankes Kind und sah ihn an. Der Mann ging leise auf das Kind zu; aber da schloß es die Augen und lag ganz ruhig wie tot da.

›Warum liegst du hier mitten am Tag?‹ fragte der Mann. ›Bist du krank?‹ Aber das Kind rührte sich nicht. ›Du brauchst keine Angst vor mir zu haben‹, sagt der Mann wieder. ›Sag’ mir nur, wo ich am raschesten etwas zu essen finden kann, dann gehe ich gleich wieder meiner Wege.‹

Da aber das Kind unbeweglich liegen blieb und keine Antwort gab, zog der Mann einen Strohhalm aus dem Bettstroh und kitzelte das Kind damit unter der Nase. Da mußte das Kind nießen, und der Mann fing an zu lachen. Das Kind sah ihn zuerst verwundert an, dann aber fing es auch an zu lachen. ›Ich habe versuchen wollen, mich tot zu stellen‹, sagte es. – ›Aber warum denn, wozu sollte das dienen?‹ – ›Ach, du hast doch wohl gehört, was du tun sollst, wenn du im Walde einem Bären begegnest?‹ sagte das Kind. ›Du sollst dich auf den Boden werfen und tun, als ob du schon tot wärest. Dann geht der Bär fort, um eine Grube zu graben, in die er dich hineinlegen kann, und indessen kannst du entfliehen.‹

Der Mann wurde dunkelrot. ›Aha, du hast gemeint, ich werde fortgehen, um die Grube zu graben, in die ich dich hineinstopfen wollte?‹

fragte er. – ›Ja, aber das war recht dumm von mir, denn ich hätte jedenfalls nicht davonlaufen können‹, erwiderte das Kind. ›Ich habe Schmerzen in der Hüfte und kann nicht gehen.‹«

Der kranke Gefangene scheint ganz aufgeregt vor Verwunderung.

»Vielleicht soll ich nicht weiter erzählen, Holm?« fragt der Fuhrmann.

»Doch, doch, ich höre so gern zu, ich freue mich, wenn ich gerade daran erinnert werde. Aber es ist mir unbegreiflich – – –«

»Ach, es ist gar nicht so merkwürdig. Denn hören Sie, Holm, ein gewisser Landstreicher namens Georg – von ihm haben Sie doch wohl reden hören – hat die Geschichte auf einer seiner Wanderungen gehört und sie dann weitererzählt. Ich glaube, er wußte nicht einmal, wie der Mann, der sich in die Stube hineingeschlichen hatte, hieß.«

Nach diesen Worten entsteht eine kleine Pause; aber schon nach kurzem fragt der Kranke mit schwacher Stimme:

»Wie ging es dann weiter mit dem Mann und dem Kind?«

»Nun, der Mann bat noch einmal um etwas zu essen. ›Es kommt doch wohl öfters vor, daß ein Armer in euer Haus hereinkommt und um etwas zu essen bittet‹, sagte er. – ›O ja, das kommt öfters vor‹, erwiderte das Kind. – ›Und deine Mutter gibt ihm dann wohl auch etwas?‹ – ›Ja, wenn sie etwas im Haus hat, gibt sie ihm davon.‹ – ›Siehst du‹, sagte der Mann, ›und auch jetzt handelt es sich um gar nichts anderes. Ein Armer ist zu dir hereingekommen und bittet dich um etwas zu essen. Sag’ mir, wo etwas Eßbares ist, ich nehme gewiß nicht mehr, als zum Sattwerden nötig ist.‹

Das Kind sah den Mann mit einer lustigen, kindlich schlauen Miene an, dann sagte es: ›Mutter hat an den Flüchtling gedacht, der sich im Wald herumzutreiben scheint, und darum alles Eßbare weggestellt und im Schrank verschlossen.‹ – ›Aber du hast doch wohl gesehen, wo sie den Schlüssel hingelegt hat, so daß du es mir sagen kannst; sonst muß ich ja das Schloß aufbrechen.‹ – ›O, das ist nicht so leicht‹, versetzte das Kind. ›Wir haben feste Schlösser an unseren Schränken.‹

Der Mann ging im Zimmer herum und suchte nach dem Schlüssel. Er suchte auf dem Kaminschoß und in der Tischlade, konnte ihn aber nicht finden. Das Kind hatte sich indessen im Bett aufgesetzt und zum Fenster hinausgesehen. Jetzt sagte es: ›Es kommen Leute des Weges daher; Mutter und viele andere mit ihr.‹

Mit einem Sprung stand der Flüchtling an der Tür. – ›Wenn du da hinausläufst, rennst du ihnen gerade in die Hände. Es wäre besser, du verstecktest dich in unserm Schrank‹, sagte das Kind. – Der Mann zögerte an der Tür. ›Das ist wohl möglich, aber ich hab' den Schlüssel zu dem Schrank nicht.‹ – ›Aber ich hab' ihn!‹ rief das Kind, und zugleich streckte es die Hand aus, in der ein großer Schlüssel lag.

Der Flüchtling nahm den Schlüssel und eilte nach dem Schrank.

›Wirf mir den Schlüssel wieder her‹, rief das Kind, als der Mann den Schrank öffnete, ›und zieh die Tür von innen zu!‹ Der Flüchtling tat, wie ihm geheißen war, und im nächsten Augenblick war er eingesperrt!

Man kann sich denken, wie dem Manne das Herz klopfte, während er da drinnen stand und auf seine Verfolger lauschte. Er hörte, wie die Tür zum äußeren Zimmer aufgemacht wurde, und daß viele Leute hereinkamen. Eine Frauenstimme schrie laut und gellend: ›Ist jemand hier gewesen?‹ – ›Ja‹, antwortete das Kind. ›Sobald du fortgegangen warst, Mutter, ist ein Mann hereingekommen.‹ – ›Ach Gott, ach Gott!‹ jammerte die Frau, ›Die Leute haben also recht gehabt. Sie sagten, sie hätten jemand aus dem Wald herauskommen und hier hineingehen sehen.‹

Der Flüchtling verfluchte in Gedanken das Kind, das ihn verriet. Der verschlagene Bengel hatte ihn wie in einer Mausefalle gefangen. Er versuchte schon die Tür zurückzuschieben, um mit einem Satz herauszustürzen und sich vielleicht durchzuschlagen. Da hörte er, daß jemand fragte, wo denn der Flüchtling hingekommen sei.

›Jetzt ist er nicht mehr im Hause‹, antwortete die helle Kinderstimme. ›Er bekam Angst, als er euch daherkommen sah.‹

›Hat er nichts mitgenommen?‹ fragte die Mutter. – ›Nein, er wollte etwas zu essen haben, aber ich konnte ihm nichts geben.‹ – ›Und er hat dir auch nichts getan?‹ – ›Doch, er hat mich unter der Nase gekitzelt‹, sagte das Kind, und der Flüchtling hörte, wie es dabei lachte. – ›Was, hat er das getan?‹ rief die Mutter, und nun lachte auch sie nach der ausgestandenen Angst.

›Nun, wenn er nicht mehr hier ist, dann wollen wir nicht länger hierbleiben und die Wände anstarren‹, sagte jetzt eine Männerstimme, und gleich darauf hörte der Flüchtling, daß die Leute das Zimmer verließen. – ›Ihr bleibt jetzt wohl daheim, Lisa?‹ sagte gleich darauf eine Stimme. – ›Ja, ich lasse Bernhard heute nicht mehr allein‹, antwortete die Stimme der Mutter.

Der Flüchtling hörte, wie die Haustür geschlossen wurde, und erriet, daß die Mutter und das Kind nun allein im Hause waren. ›Wie wird es mir nun gehen?‹ dachte er. – In demselben Augenblick hörte er Schritte auf den Schrank zukommen, und die Stimme der Mutter rief: ›Ihr in dem Schrank habt keine Angst, sondern kommt heraus, damit ich mit Euch reden kann.‹ Zugleich wurde der Schlüssel ins Schloß gesteckt und die Tür aufgemacht. Der Mann war ganz verzagt. ›Der dort drüben hat gesagt, ich solle mich hier verstecken«, stammelte er, indem er auf das Kind deutete.

Der Junge lachte und war so aufgeräumt über das Abenteuer, daß er in die Hände klatschte. »Er wird ganz pfiffig von dem beständigen zu Bett liegen und sich mit seinen eigenen Gedanken beschäftigen«, sagte die Mutter stolz. »Man kann nächstens nicht mehr mit ihm fertig werden«, – Nun merkte der Flüchtling, daß die Mutter ihn nicht ausliefern wollte, weil der Junge sich seiner angenommen hatte. – »Ja, da habt Ihr ganz recht. Ich will Euch gestehen, daß ich hereinkam, um mir etwas zum Essen zu verschaffen, aber ich habe nichts ergattern können. Das Kind hat mir den Schlüssel nicht gegeben. Er ist tüchtiger als viele, die auf ihren Beinen herumlaufen.« Die Mutter begriff wohl, was der Flüchtling mit seinen Schmeicheleien ausrichten wollte, aber sie hörte es jedenfalls gern. »Nun will ich Euch zuerst etwas zu essen geben«, sagte sie.

Während der Flüchtling aß, fragte ihn der Junge über seine Flucht aus, und der Mann berichtete alles ganz aufrichtig von Anfang bis zu Ende. Die Flucht war nicht vorbereitet gewesen, sondern es hatte sich ihm eine Gelegenheit gezeigt, als er im Gefängnishof arbeitete und das Tor offen stand, weil einige Fuhren Kohlen hereingefahren werden sollten. Der Junge fragte und fragte und konnte gar nicht genug bekommen. Alles wollte er wissen. Wie der Flüchtling zur Stadt hinausgekommen, und wie es ihm dann im Wald ergangen war. Ein paarmal sagte der Mann, jetzt müsse er gehen; aber davon wollte der Junge nichts hören. »Nun, Ihr könnt ja ebensogut heute abend hier sitzen bleiben und Euch mit Bernhard unterhalten«, sagte die Frau schließlich. »Es sind so viele Leute unterwegs, die auf Euch lauern. Ihr werdet jedenfalls ergriffen, ob Ihr hier bleibet oder Euch fortschleicht.«

Als der Mann heim kam, saß der Flüchtling noch da und erzählte dem Jungen. Es war jetzt dunkel im Zimmer, und der Häusler meint zuerst, es sei einer der Nachbarn, der sich mit dem Kinde unterhalte. »Seid Ihr es, Petter, der hier sitzt und Bernhard Geschichten erzählt?« fragte er. – Das Kind fing in seiner Ausgelassenheit laut zu lachen an. »Nein, Vater, das ist nicht Petter, sondern was viel Besseres. Komm nur her, dann sollst du hören!« Der Vater trat ans Bett, aber er bekam nicht eher etwas zu hören, als bis er sein Ohr ganz dicht an des Jungen Mund gelegt hatte. – »Es ist der Flüchtling«, flüsterte der Junge. – »Ums Himmels willen, Bernhard, red' nichts!« sagte der Vater. – »Es ist aber doch wahr«, erwiderte der Junge. »Er hat mir erzählt, wie er sich zum Gefängnistor herausgeschlichen hat und dann tief drinnen im Wald in einer alten Blockhütte drei Nächte lang versteckt war. Ich weiß alles genau.«

Die Mutter hatte in aller Eile ein Lämpchen angezündet, und der Häusler betrachtete jetzt den Flüchtling, der sich neben der Türe aufgestellt hatte. – ›Nun sagt mir zuerst genau, wie alles zusammenhängt‹, sagte der Häusler. Da fingen seine Frau und sein Kind an zu berichten, und in ihrem Eifer nahmen sie einander wiederholt das Wort vom Munde weg. Der Häusler war ein älterer Mann und sah klug und bedächtig aus. Aufmerksam betrachtete er sich den ausgebrochenen Sträfling, während die anderen erzählten. – ›Der Ärmste sieht ja aus, als wäre er todkrank‹, dachte er. ›Wenn er noch eine Nacht in der Blockhütte zubringen muß, ist es um ihn geschehen.‹

›Auf der Landstraße begegnet man vielen, die gefährlicher aussehen als Ihr, ohne daß es jemand einfällt, sie gefangen zu nehmen‹, sagte er, als die anderen schwiegen. – ›Ich bin auch gar nicht so gefährlich‹, erwiderte der Flüchtling. ›Aber es hatte mich einer gereizt, als ich betrunken war.‹ – Der Häusler wollte nicht, daß der Flüchtling im Beisein des Jungen mehr von der Sache erzählte, und so unterbrach er ihn: ›Ja, ich kann mir wohl denken, daß es derartig zugegangen ist‹, sagte er.

Nun herrschte vollkommenes Schweigen in der Stube. Der Häusler saß nachdenklich da, und die anderen sahen ihn ängstlich an. Niemand wagte, noch ein weiteres Wort zugunsten des Flüchtlings zu sagen. Endlich wandte sich der Häusler an seine Frau. ›Ich weiß nicht, ob ich unrecht tue‹, sagte er. ›Aber es geht mir wie dir; da sich der Junge nun einmal seiner angenommen hat, kann ich ihn nicht aus dem Hause jagen.‹

Somit wurde beschlossen, der Flüchtling solle über Nacht dableiben und am frühen Morgen weitergehen. Aber am nächsten Morgen hatte er so hohes Fieber, daß er sich nicht auf den Füßen halten konnte. Und auf diese Weise sahen sich die Leute genötigt, ihn ein paar Wochen bei sich zu behalten.«

Als der Fuhrknecht bei dem Punkt angekommen ist, wo er berichtet, wie der Flüchtling in der Wohnung behalten wurde, bieten die beiden Brüder, die der Erzählung lauschen, einen merkwürdigen Anblick. Der Kranke hat sich in seinem Bett zu sanfter Ruhe ausgestreckt. Die Schmerzen scheinen von ihm gewichen zu sein, und er lebt völlig in einer glücklichen Vergangenheit. Aber mißtrauisch sitzt der andere da, er ahnt, daß sich hinter all diesem eine geheime Falle verbirgt. Einmal ums andere versucht er dem Bruder ein Zeichen zu machen, nicht so ruhig dazuliegen, aber es gelingt ihm nicht, seine Aufmerksamkeit zu erregen.

»Sie wagten es nicht, einen Arzt zu holen«, setzte der Fuhrknecht seine Erzählung weiter fort. »Und sie wagten auch nicht um Arznei in die Apotheke zu gehen. Der Kranke mußte sich ohne Mittel behelfen. Wenn jemand vorbeikam und Anstalt machte, in die Kathe zu treten, so stellte sich die Frau auf die Schwelle und erzählte, Bernhard habe einen so sonderbaren Ausschlag am ganzen Körper, sie fürchte fast, es sei das Scharlachfieber. Und sie könne die Verantwortung nicht auf sich nehmen, jemand ins Haus hereinkommen zu lassen.

Als sich der Flüchtling nach vierzehn Tagen allmählich etwas erholte, sagte er sich, er könne nun nicht länger bei seinen freundlichen Wirtsleuten bleiben, sondern müsse sich davonmachen; unter keinen Umständen dürfe er den armen Leuten noch länger zur Last fallen.

Um diese Zeit fingen seine Wirtsleute ein Gespräch mit ihm an, das ihm schwer aufs Herz fiel. Eines Abends fragte ihn nämlich Bernhard, wohin er sich wenden wolle, wenn er von ihnen fortgehe. – ›Ich gehe wohl am besten wieder hinaus in den Wald‹, antwortete er. – ›Ich will Euch etwas sagen‹, fiel die Frau ein. ›Das hat keinen Sinn, wenn Ihr in den Wald hinausgeht. An Eurer Stelle würde ich danach trachten, wieder mit dem Gesetz aufs Gleiche zu kommen. Es kann doch kein Vergnügen für Euch sein, wie ein wildes Tier im Walde zu hausen.‹ – ›Es ist aber auch kein Vergnügen für mich, im Loch zu sitzen.‹ – ›Nein, aber wenn das doch einmal durchgemacht sein muß, so ist es gewiß am besten, es je eher je lieber überstanden zu haben.‹ – ›Ach, ich hätte gar nicht mehr so lange sitzen müssen, als ich durchging‹, sagte er. ›Aber jetzt bekomme ich wahrscheinlich noch mehr aufgebrummt.‹ – ›Ja, diese Flucht ist ein rechtes Elend‹, meinte die Frau. – ›Nein‹, entgegnete rasch der Flüchtling. ›Es ist das Beste, was ich in meinem Leben getan habe.‹

Als er das sagte, schaute er dem Jungen in die Augen und lächelte ihn an, und dieser lachte und nickte ihm zu. Dieses Kind war ihm ans Herz gewachsen. Am liebsten hätte er es aus dem Bett herausgeholt, auf seine Schultern gehoben und es mit sich fortgenommen, wenn er nun weitergehen mußte. ›Es wird Euch schwer fallen, wieder mit Bernhard zusammenzutreffen, wenn Ihr Euer ganzes Leben lang als armer Flüchtling umherschweifen müßt‹, sagte die Frau. – ›Aber es würde noch viel schwieriger sein, wenn ich mich wieder einsperren ließe‹, versetzte er.

Der Häusler, der eben in der Stube anwesend war, mischte sich nun auch ins Gespräch. ›Wir haben uns recht an Euch gewöhnt‹, sagte er in seiner bedächtigen Art. ›Aber nun Ihr wieder auf seid, können wir Euch nicht länger vor den Nachbarn verborgen halten. Wenn Ihr Eure richtige Entlassung aus dem Gefängnis hättet, wäre es etwas anderes.‹ Den Flüchtling durchzuckte plötzlich ein Verdacht. Vielleicht sollte er überredet werden, sich selbst zu stellen, damit die Leute keine Unannehmlichkeiten mit dem Gesetze zu gewärtigen hätten. Hastig gab er zur Antwort: ›Ich fühle mich so gesund, daß ich gut morgen meines Weges gehen kann.‹ – ›Das war es nicht, was ich sagen wollte‹, erwiderte der Häusler. ›Aber wenn Ihr frei gewesen wäret, hätte ich Euch angeboten, bei uns zu bleiben und uns bei der Feldarbeit zu helfen.‹

Der Flüchtling wußte, wie schwer einer, der im Zuchthaus gewesen ist, wieder Arbeit findet, und wurde darum bei diesem Anerbieten ganz gerührt. Aber es widerstrebte ihm sehr, in die Gefangenschaft zurückzukehren, und so blieb er schweigend sitzen.

An diesem Abend war der Junge weniger wohl als sonst. ›Sollte man ihn nicht lieber ins Spital bringen, damit er dort behandelt werde?‹ fragte endlich der Flüchtling. – ›Ach, er ist schon mehrere Male dort gewesen, aber die Ärzte sagen, es helfe alles nichts, wenn er nicht Seebäder nehmen könne; aber wer kann das bezahlen?‹ versetzte die Mutter. – ›Es ist wohl eine sehr weite Reise?‹ fragte der Flüchtling. – ›Es ist nicht allein die Reise, denn wo sollten wir das Geld für Kost und Wohnung hernehmen?‹ – ›Nein, dies ist natürlich gänzlich unmöglich‹, sagte der Flüchtling.

Wieder saß er eine Weile schweigend da, aber in seinem Herzen spielte er mit dem Gedanken, wie er vielleicht eines Tages imstande wäre, Bernhard das Geld zu einer Badereise zu verschaffen.

Dann wendete er sich an den Häusler und nahm selbst das frühere Gespräch wieder auf: ›Es ist keine leichte Sache, einen Sträfling in Dienst zu nehmen‹, streckte er zuerst einen Fühler aus. – ›O, das würde schon recht werden‹, erwiderte der Häusler. ›Aber Ihr seid vielleicht einer von denen, die auf dem Lande nicht recht gedeihen und auf alle Fälle in der Stadt sein wollen?‹ – ›An die Stadt denke ich niemals, wenn ich in meiner Zelle sitze‹, antwortete der Sträfling. ›Da denke ich nur immer an die grünen Fluren und die Wälder.‹

›Wenn Ihr Eure Strafe abgesessen hättet, so bekämt Ihr das Gefühl, als ob ein großer Teil der Last, die jetzt Euer Gemüt bedrückt, von Euch abgefallen wäre‹, meinte der Häusler. – ›Ja, das sage ich auch‹, stimmte die Frau mit ein.

›Könntest du uns nicht etwas vorsingen, Bernhard? Aber du fühlst dich vielleicht heute abend zu schwach dazu?‹ – ›Ach nein‹, erwiderte der Junge. – ›Deinem Freund würde es gewiß Freude machen‹, sagte die Mutter. Dem Sträfling wurde ganz ängstlich zumute, fast als stünde ihm ein Unheil bevor. Er wollte den Jungen bitten, das Singen lieber zu unterlassen; aber da hatte dieser schon angefangen. Er sang mit weicher heller Stimme, und es war höchst merkwürdig: erst wenn er sang, wurde einem so recht klar, daß auch er ein Gefangener auf Lebenszeit war, der sich nach Freiheit und Bewegung sehnte.

Der Sträfling barg das Gesicht in den Händen, aber die Tränen tropften ihm zwischen den. Fingern hindurch. ›Ich, aus dem doch nie etwas Rechtes werden kann, will versuchen, etwas dazu beizutragen, dieses Kind aus seinen Banden zu befreien‹, dachte er.

Am nächsten Tag nahm er Abschied und ging fort. Niemand fragte ihn, wohin er sich wende. Alle drei sagten nur: ›Auf Wiedersehen!‹«

»Ja, das taten sie«, sagte der Kranke, der nun endlich den Fuhrknecht unterbricht. »Wissen Sie, Herr Aufseher, daß das das Schönste ist, was ich je erlebt habe.« Er liegt ganz still da, während ihm sachte ein paar Tränen über die Wangen rinnen. »Ich bin froh, daß Sie, Herr Aufseher, das wissen«, fährt er fort. »Nun kann ich doch mit Ihnen von Bernhard reden – – – Es ist mir zumute, als hätte ich meine Freiheit wieder gehabt – –– Es ist mir, als sei ich bei ihm gewesen – – – Ich hätte nie geglaubt, daß ich heute nacht noch so glücklich werden könnte – – –«

Der Fuhrknecht beugte sich nun tief über den Kranken.

»Hört mich an, Holm!« sagt er. »Was würdet Ihr dazu sagen, wenn ich es nun so einrichten könnte, daß Ihr gleich wieder zu Euern

Freunden kämet, wenn auch auf andere Weise, als Ihr Euch gedacht hattet. Wenn ich Euch nun das Anerbieten machte, Euch die langen Jahre der Sehnsucht abzukürzen und Euch noch in dieser Nacht frei zu machen; wäret Ihr bereit zu gehen?«

Während der Fuhrknecht das sagt, hat er die Kapuze heraufgezogen und die Sense ergriffen.

Der Kranke liegt da und sieht ihn mit großen Augen an, aus denen immer größere Sehnsucht spricht.

»Versteht Ihr, wie ich es meine, Holm?« fragt der Fuhrmann. »Ist es Euch klar, daß ich der bin, der alle Gefängnisse aufschließen kann, daß ich der bin, der Euch auf eine Flucht zu geleiten vermag, wo kein Verfolger Euch einholen kann?«

»Ich verstehe wohl, was du meinst«, antwortet der Gefangene. »Aber wäre das nicht wie ein Unrecht gegen Bernhard? Du weißt, ich bin hierher zurückgekehrt, damit ich auf ehrenhafte Weise frei würde und ihm dann helfen könnte.«

»Du hast ihm das größte Opfer gebracht, das du überhaupt bringen konntest«, erwiderte ihm der Fuhrknecht. »Und zum Lohn dafür wird deine Strafzeit abgekürzt und dir die große unverlierbare Freiheit schon jetzt angeboten. Und um Bernhard brauchst du dir keine Gedanken mehr zu machen.«

»Aber ich hatte ihn doch ans Meer führen wollen«, sagt der Kranke. »Als wir Abschied nahmen, hab ich ihm zugeflüstert, ich käme wieder und würde ihn dann ans Meer bringen. Ein Versprechen, das man einem Kinde gegeben hat, muß man doch halten.«

»Du willst also die Freiheit, die ich dir zu bieten habe, nicht annehmen?« fragt der Fuhrknecht und richtet sich wieder auf.

»Ach doch, doch!« ruft der Kranke eifrig und faßt nach dem Mantel des Fuhrmanns. »Geh nicht fort! Du weißt nicht, wie mich die Sehnsucht verzehrt. Wenn sich nur ein anderer fände, der Bernhard helfen könnte! Aber er hat ja niemand als mich.«

Plötzlich sieht er mit einem leisen Ausruf der Freude auf.

»Da sitzt ja mein Bruder David!« sagt er. »Jetzt hat es keine Not mehr. Ihn kann ich bitten, Bernhard zu helfen.«

»Dein Bruder David!« sagt der Fuhrknecht voll Verachtung. »Nein, ihn kannst du nicht bitten, ein Kind zu beschützen. Du solltest nur sehen, wie er seine eigenen Kinder behandelt.«

Er bricht ab, denn da sitzt David Holm schon auf der anderen Bettkante und beugt sich über seinen Bruder.

»David«, sagt der Kranke, »ich sehe grüne Fluren und das freie offene Meer vor mir. Ach, David, bedenke, ich habe gar so lange hier eingesperrt gesessen! Ich kann der Versuchung nicht widerstehen, wenn mir die Freiheit winkt und ich sie annehmen kann, ohne ein Unrecht damit zu begehen. Aber da ist das Kind! Du weißt doch, ich habe es ihm versprochen.«

»Mach dir keine Sorgen!« sagt David Holm. »Ich sage dir, diesem Kind, diesen Leuten, die dir geholfen haben, werde auch ich helfen. Geh du nur hinaus in die Freiheit! Geh, wohin du willst! Ich werde für sie sorgen. Verlasse du nur ruhig dein Gefängnis!«

Bei diesen Worten fällt der Kranke in seine Kissen zurück.

»Du hast ihm das Todeswort gesagt, David«, spricht der Fuhrknecht. »Komm fort von hier! Es ist Zeit für uns zu gehen. Der Befreite soll uns nicht treffen, uns, die wir in Finsternis und Knechtschaft gebunden sind.«

10.

»Wenn es mir möglich wäre, mich bei dem entsetzlichen Knirschen und Quietschen verständlich zu machen, würde ich Georg gern ein Wort des Dankes dafür sagen, daß er den beiden, Schwester Edith und meinem Bruder, in ihrem schwersten Augenblick geholfen hat«, denkt David Holm. »Ich würde mich zwar nicht dazu herbeilassen, ihn in seinem Amt abzulösen, aber ihm zeigen, daß ich wohl weiß, was er bei dieser Gelegenheit getan hat, möchte ich doch.«

Kaum hat David Holm dies gedacht, als der Fuhrmann am Leitseil zieht und das Pferd anhält, ganz als seien ihm Davids Gedanken bekannt geworden.

»Ich bin nur ein elender Stümper von einem Fuhrmann«, sagt er. »Ab und zu gelingt es mir ja wohl, jemand zu helfen, aber ebensooft mißlingt es. Diese beiden waren leicht über die Grenze zu befördern, weil sich die eine so innig nach dem Himmel sehnte und der andere so wenig hatte, was ihn an diese Welt fesselte. Weißt du, David«, fährt er fort und schlägt dabei rasch den alten kameradschaftlichen Ton an, »oft, wenn ich hier auf meinem Karren saß und hinausschaute, hab ich gedacht, wenn ich doch nur einen sicheren Boten hätte, durch den ich den Menschen Botschaft zukommen lassen könnte, dann würde ich ihnen einen Gruß schicken.«

»Ja, das kann ich mir wohl denken«, versetzt David Holm.

»Weißt du, David«, fährt der Fuhrmann fort, »wenn auf dem Acker reife Frucht prangt, dann ist es nicht schwer, Schnitter zu sein; wenn aber ein Erntearbeiter aufs Feld hinausgehen und arme Gewächse niedermähen müßte, die kaum zu ihrer halben Höhe herangewachsen sind, so würde ihn das eine grausame Arbeit dünken. Der Herr nun, dem ich diene, ist sich auch viel zu gut für solche Arbeit, und darum überläßt er das alles mir armen Fuhrmann.«

»Ich sehe ein, daß es so sein muß«, sagt David Holm.

»Ach, wenn die Menschen nur wüßten, wie leicht es ist, denen über die Grenze zu helfen, die ihre Arbeit getan, ihre Pflicht erfüllt und ihre Fesseln schon fast durchgescheuert haben, wie schwer aber dagegen der zu befreien ist, der nichts Abgeschlossenes, nichts Vollendetes aufweisen kann, der alle, die er lieb hat, hinter sich zurücklassen muß, dann würden sie sich vielleicht Mühe geben, die Arbeit des armen Fuhrknechts zu erleichtern.«

»Wie meinst du das, Georg?«

»Denk nur an eins, David! Seit du jetzt bei mir bist, hast du eigentlich immer nur von einer einzigen Krankheit reden hören, und ich kann dir versichern, daß dies bei mir das ganze Jahr hindurch so gewesen ist. Aber das kommt nur daher, weil sich diese Krankheit unter der unreifen Saat ausbreitet, und meine Aufgabe ist es, die Saat, die vor der Reife fallen muß, einzuheimsen. Ach, wenn doch nur diese Krankheit aus der Welt geschafft wäre, dann wäre meine Arbeit nicht so schwer.«

»Ist das die Botschaft, die du den Menschen schicken möchtest, Georg?«

»Nein, David. Jetzt weiß ich besser als früher, was die Menschen ausrichten können, und sie werden sich in absehbarer Zeit durch ihre Kenntnisse und ihre Ausdauer von dieser Krankheit befreien. Sie werden nicht ruhen, bis sie sich von dieser und von allen den anderen volksverheerenden Krankheiten frei gemacht haben. Nein, daran hängt die Sache nicht.«

»Wie könnten sie denn die Arbeit des Fuhrmanns erleichtern?«

»Die Menschen sind überaus mächtig«, antwortet Georg, »und deshalb glaube ich, daß der Tag kommen wird, wo man von Armut und

Trunksucht oder allem dem Elend, das das Leben verkürzt, nichts mehr weiß. Aber es ist nicht gesagt, daß die Arbeit des Fuhrmanns dadurch weniger mühselig sein wird.«

»Aber wie lautet denn dann die Botschaft, die du den Menschen schicken möchtest, Georg?«

»Der Neujahrsmorgen bricht bald an, David, und wenn die Menschen nun erwachen, denken sie zuerst an das neue Jahr und an alles, was es ihnen an Wünschen und Hoffnungen erfüllen soll, und dann denken sie an die Zukunft. Aber da möchte ich ihnen sagen können, sie sollen sich nicht Liebesglück oder Erfolg oder Reichtum oder Macht oder ein langes Leben, ja nicht einmal Gesundheit wünschen; ich möchte, daß sie ihre Hände falteten und ihre Gedanken in dem einen Gebet vereinigten:

›Gott, großer Gott, laß meine Seele zur Reife kommen, ehe sie geerntet wird!‹«

11.

Zwei Frauen sitzen in eine ernste Unterhaltung vertieft, die schon stundenlang gedauert hat, beisammen. Das Gespräch war gegen Abend eine Weile unterbrochen worden, weil beide in einem Saal der Heilsarmee dem Gottesdienst anwohnten, aber danach ist es wieder aufgenommen worden. Die ganze Zeit über hat die eine der Frauen sich angestrengt, bei der anderen Mut und Vertrauen zu erwecken; aber es sieht aus, als sei sie noch weit von ihrem Ziel entfernt.

»Wissen Sie, Frau Holm«, sagt die, die es versucht, die andere zu trösten und aufzumuntern, »so sonderbar es auch lauten mag, so glaube ich doch, daß Sie es von jetzt an besser bekommen werden. Ich glaube, jetzt hat er sein Schlimmstes getan. Er hatte sich es wohl vorgenommen, um die Rache zu befriedigen, mit der er Ihnen seit Ihrer Wiedervereinigung immerfort gedroht hatte. Aber sehen Sie, Frau Holm, es ist eine Sache für sich, sich an einem Tag hart zu machen und zu sagen, die Kinder dürfen nicht fortgenommen werden; aber etwas anderes ist es, mit so einem Mordgedanken im Herzen umherzugehen und ihn Tag für Tag durchzuführen, und ich glaube nicht, daß das jemand auf die Dauer aushalten könnte.«

»Es ist sehr gut von Ihnen, Hauptmännin, daß Sie mich zu trösten versuchen«, sagt Frau Holm.

Aber die Hauptmännin merkt wohl, was die arme Frau dabei denkt. Sie denkt: ›Wenn die Hauptmännin der Heilsarmee auch niemand kennt, der so etwas aushalten könnte, so kenne ich einen, der es kann.‹

Die Hauptmännin sieht aus, als sei sie nun fast an der Grenze ihrer Überredungskunst angekommen, aber rasch beschließt sie, noch einen Versuch zu machen.

»Und nun will ich Ihnen noch etwas sagen, Frau Holm«, sagt sie. »Ich weiß nicht, ob es eine so große Sünde gewesen ist, als sie Ihren Mann vor ein paar Jahren verlassen haben, aber ich erkenne, es war eine Versäumnis. Damals haben Sie ihn preisgegeben, und die bösen Folgen zeigten sich rasch. Aber jetzt haben Sie es wieder gut zu machen versucht; da haben Sie getan, was Gottes Willen von Ihnen forderte, und deshalb glaube ich, daß nun eine Wendung zum Bessern eintreten wird. Ein starker Sturm war erregt worden, und der konnte nicht mit einem Schlag wieder beruhigt werden; aber was Sie, Frau Holm, und Schwester Edith angefangen haben, ist trotz allem ein Werk von guter Art, das die Früchte der guten Werke tragen wird.«

Als die Hauptmännin dies gesagt hat, ist sie nicht mehr allein mit David Holms Frau. David Holm und sein Kamerad Georg, oder, besser gesagt, die Schemen dieser beiden sind in das Zimmer eingedrungen und an der Tür stehen geblieben.

David Holm ist jetzt weder an den Füßen noch an den Händen gefesselt. Er folgt dem Fuhrmann, ohne gezwungen werden zu müssen; aber als er jetzt sieht, wohin er geführt worden ist, steigt heftige Entrüstung in ihm auf. Hier soll doch wohl niemand sterben! Warum ihn also zwingen, seine Wohnung und seine Frau wiederzusehen?

Er will sich eben mit einer heftigen Frage an Georg wenden, als dieser ihm durch ein Zeichen bedeutet, sich still und ruhig zu verhalten.

Jetzt hebt David Holms Frau den Kopf, wie von der festen Überzeugung der anderen etwas gestärkt.

»Ach, wer doch glauben könnte, daß es wahr wäre!« seufzt sie.

»Es ist wahr«, bekräftigt die Hauptmännin, indem sie Frau Holm ermutigend zulächelt. »Von dem morgigen Tag an tritt eine Wendung ein, und Sie werden sehen, die Hilfe kommt mit dem neuen Jahre.«

»Mit dem neuen Jahre – – –« versetzt Frau Holm. »Ei freilich, es ist ja Neujahrsnacht, das hatte ich fast vergessen. Wie spät mag es denn sein, Hauptmännin Andersson?«

»Wir sind schon ein gutes Stück im neuen Jahr drinnen«, antwortete die Gefragte, indem sie auf ihre Uhr sieht. »Es ist jetzt ein Viertel vor zwei Uhr.«

»Aber dann dürfen Sie nicht noch länger bei mir sitzen«, sagt Frau Holm, »sondern müssen nach Hause gehen und sich zu Bett legen. Sie sehen ja, ich bin jetzt ganz ruhig.«

Die Hauptmännin sieht die Frau prüfend an.

»Mit der Ruhe ist es wohl noch nicht weit her«, sagt sie dann.

»Sie können meinethalben ganz beruhigt sein, Hauptmännin«, versichert Frau Holm. »Ich weiß wohl, daß ich heute nacht schreckliche Reden geführt habe, aber nun ist das mit Gottes Hilfe vorüber.«

»Glauben Sie, daß Sie jetzt alles in Gottes Hand legen und ihm vertrauen können, daß er alles zum besten lenkt?« fragt die Hauptmännin.

»Ja, ja, ich kann es«, antwortet Frau Holm.

»Ich wäre gern noch bis zum Morgen bei Ihnen geblieben, aber ich sehe Ihnen an, daß es Ihnen lieber ist, wenn ich jetzt gehe.«

»Es war mir eine große Hilfe, daß Sie bei mir gewesen sind, Hauptmännin; aber jetzt kommt er bald nach Hause, und dann ist es besser, ich bin allein.«

Nach einigen weiteren Worten verlassen beide Frauen das Zimmer, und David Holm errät, daß seine Frau die Hauptmännin hinausbegleitet, um die Tür für sie aufzuschließen.

»David, hast du alles gehört?« fragt der Fuhrmann. »Erkennst du nun, daß die Leute schon alles wissen, was ihnen zu wissen nötig ist? Sie müssen nur noch in dem Verlangen, gesund und lange zu leben, gestärkt werden.«

Der Fuhrmann hat seine Worte kaum ausgesprochen, als Frau Holm wieder eintritt. Man sieht, daß sie im Sinne hat, ihr Wort zu halten und zu Bett zu gehen. Sie setzt sich auf einen Stuhl, bückt sich vor und fängt an, einen Stiefel aufzuschnüren.

Während sie so vorgebeugt dasitzt, fährt die Haustür mit einem heftigen Schlag zu; da richtet sie sich auf und lauscht.

»Kommt er?« fragt sie. »Ja, er wird es wohl sein.«

Sie läuft ans Fenster und versucht in den dunklen Hof hinunterzusehen. Ein paar Minuten steht sie so, atemlos hinausspähend. Als sie sich dem Zimmer wieder zuwendet, ist ihr Gesicht seltsam verändert. Es ist aschgrau geworden, die Augen, die Lippen, alles miteinander ist wie mit Asche überschüttet. Ihre Bewegungen sind jetzt steif und schleppend, und ein schwaches Stöhnen dringt über ihre Lippen.

»Ich kann es nicht aushalten«, flüstert sie. »Ich kann es nicht aushalten.« –

»Ich soll an Gott glauben«, stößt sie nach einer kleinen Pause hervor und bleibt mitten im Zimmer stehen. »Sie sagen, ich soll an Gott glauben. Sie meinen vielleicht, ich hätte nicht zu ihm gebetet und nicht um Hilfe geschrien. Was soll ich tun, wie soll ich es anfangen, um Hilfe von ihm zu erlangen?«

Sie weint nicht, aber ihre Worte sind ein fortgesetztes Wimmern. Sie ist von einer solchen Verzweiflung beherrscht, daß sie offenbar nicht mehr für ihr Tun verantwortlich gemacht werden kann.

David Holm beugt sich vor, sieht sie scharf an, und ein Gedanke steigt plötzlich in ihm auf, vor dem ihm graust.

Die Frau geht nicht zu Bett, sie schleppt sich langsam bis zu dem Lager in der Ecke hin, wo ihre beiden Kinder schlafen.

»Es ist schade um sie«, sagt sie, indem sie sich zu ihnen niederbeugt. »Sie sind so schön.«

Sie setzt sich neben dem Lager auf den Boden und sieht die Kinder, eins nach dem anderen, lange an.

»Aber ich muß fort, und ich kann sie nicht hinter mir zurücklassen.«
Sie streicht ihnen unbeholfen und ungelenk übers Haar.

»Ihr dürft mir für das, was ich tue, nicht böse sein«, sagt sie. »Ich bin nicht schuld daran.«

Während sie noch auf dem Boden sitzt und die Kinder liebkost, schlägt unten die Tür aufs neue. Sie zuckt wieder zusammen, bleibt aber unbeweglich sitzen, bis so viel Zeit vergangen ist, daß ihr Mann hereingekommen sein müßte, wenn er es drunten gewesen wäre. Dann steht sie rasch auf.

»Ich muß mich beeilen«, sagt sie geheimnisvoll flüsternd zu den Kindern. »Es wird bald geschehen sein, wenn er nur nicht kommt und mich daran verhindert.«

Sie richtet sich auf, tut aber nichts, sondern wandert ruhelos im Zimmer hin und her.

»Irgend etwas sagt mir, ich solle bis morgen warten«, murmelt sie halblaut. »Aber was hätte das für einen Wert? Der morgige Tag ist ein

Tag wie alle anderen. Warum sollte er da milder gestimmt sein als heute?«

David Holm denkt an seinen Körper, der als Leichnam drüben in den Kirchenanlagen liegt und nun bald in die Erde vergraben wird, da er zu nichts zu gebrauchen war. Fast steigt das Verlangen in ihm auf, seine Frau doch auf irgendeine Weise wissen zu lassen, daß sie keine Angst mehr vor ihm zu haben brauche.

Wieder hört man ein schwaches Getöse. Im Haus wird eine Tür geöffnet und wieder zugemacht, und aufs neue zittert die arme Frau und erinnert sich daran, welches Vorhaben sie auszuführen im Begriff steht. Schleppend und stöhnend geht sie an den Herd hin und schichtet Holz hinein, um Feuer anzumachen.

»Es tut nichts, wenn er auch kommt und sieht, daß ich Feuer mache«, sagt sie, gleichsam als Antwort auf eine stumme Einwendung. »Ich muß doch wohl am Neujahrsmorgen Kaffee kochen dürfen, um etwas zu haben, das mich wach hält, während ich aufsitze und auf ihn warte.«

David Holm fühlt sich außerordentlich erleichtert, als sie dies sagt. Und nun fragt er sich wieder, ob Georg am Ende eine besondere Absicht gehabt habe, als er ihn hierherführte? Hier soll ja niemand sterben. Hier ist ja niemand krank.

Die Kapuze tief hereingezogen, ganz verschlossen und wie in tiefe Gedanken versunken, steht der Fuhrmann da. David Holm merkt wohl, daß es gar keinen Wert hätte, wenn er jetzt das Wort an ihn richten würde.

›Er will, ich soll die Meinigen noch ein letztes Mal sehen‹, denkt er. ›Vielleicht komme ich nie wieder in ihre Nähe.‹ –

»Das macht mir gerade keinen Kummer«, sagt er im nächsten Augenblick, und es ist ihm, als sei in seinem Herzen nur noch Raum für eine einzige; aber er geht doch nach der Ecke hin, wo die beiden Kinder schlafen. Während er vor ihnen steht und sie betrachtet, fällt ihm der Junge ein, den sein Bruder so innig lieb gehabt hat, daß er seinetwegen freiwillig ins Gefängnis zurückgekehrt ist, und nun empfindet er es als eine Art Vermissen, daß er seine Kinder nicht auf diese Weise lieb haben kann.

›Möchte es ihnen jedenfalls gut gehen!‹ denkt er überaus freundlich. ›Sie werden morgen froh sein, wenn sie hören, daß sie keine Angst mehr vor mir zu haben brauchen.‹

›Ich möchte wohl wissen, was später aus ihnen wird?‹ denkt er dann mit lebhafterer Teilnahme, als er bisher je für sie gefühlt hatte, und zugleich durchzuckt ihn eine plötzlich aufsteigende Angst, sie könnten gerade so werden wie er.

›Denn ich bin ein sehr unglücklicher Mensch gewesen‹, denkt er.

›Ich weiß nicht‹, denkt er weiter, ›warum ich mich nicht früher um sie gekümmert habe. Wenn es eine Rückkehr gäbe, würde ich gerne zurückkommen, um rechte Menschen aus den beiden hier zu machen.‹

Er bleibt stehen und prüft sein Herz.

»Wie merkwürdig, ich hege keinen Haß mehr gegen sie!« murmelt er. »Und ich möchte, daß sie nach allem, was sie hat erdulden müssen, doch noch glücklich werde. Wenn es mir möglich wäre, würde ich ihr ihre Möbel wieder verschaffen, und ich möchte sie gerne Sonntags in hübschen Kleidern in die Kirche gehen sehen. Aber jetzt, wo ich nicht mehr da bin, bekommt sie es ja gut. Ich glaube, Georg hat mich hierhergeführt, damit ich mich darüber freue, zu den Entschlafenen zu gehören.«

Plötzlich fährt er heftig zusammen. Er ist so versunken in seine Gedanken gewesen, daß er nicht darauf acht gab, was sich seine Frau indessen vornahm. Aber, jetzt hat sie einen leisen Angstschrei ausgestoßen, »Es kocht, das Wasser kocht, nun ist es bald so weit! Jetzt muß es geschehen, nun gibt es keinen Aufschub mehr.«

Sie nimmt eine Büchse, die auf einem Brett dicht neben dem Herd steht, und schüttet daraus gemahlenen Kaffee in die Kaffeemaschine. Dann zieht sie aus dem Busen ein ganz kleines Päckchen, das ein weißes Pulver enthält, und mischt dieses in das Wasser.

David steht unbeweglich da und starrt seine Frau an, ohne zu verstehen, was sie eigentlich tut und beabsichtigt.

»Du wirst sehen, daß es genügt, David«, sagt sie und wendet sich zugleich dem Zimmer zu, ganz als ob sie ihn sähe. »Es reicht für beide Kinder und für mich. Ich kann es ja nicht aushalten, ein ganzes Jahr mit ansehen zu müssen, wie sie dahinsiechen. Wenn du nur noch eine Stunde fortbleibst, wird bei deiner Rückkehr alles so bestellt sein, wie du es haben willst.«

Doch jetzt steht der Mann nicht mehr ruhig da und hört ihr zu, sondern er ist auf den Fuhrknecht zugeeilt.

»Georg!« sagt er atemlos. »Ach, lieber Gott, Georg, hörst du nicht?«

»Doch, David«, antwortet der Fuhrknecht, »hier stehe ich ja. Ich muß ja mit dabei sein, und ich versäume meine Pflicht nicht.«

»Aber du mußt es nicht verstanden haben, Georg! Es handelt sich nicht um sie allein, sondern auch um die Kinder. Sie hat die Absicht, sie mitzunehmen.«

»Ja, David«, bekräftigt der Fuhrmann. »Sie hat die Absicht, deine Kinder mitzunehmen.«

»Aber das darf nicht geschehen, Georg! Es ist ja unnötig. Kannst du ihr denn nicht zu wissen tun, daß es unnötig ist?«

»Nein, ich kann mich ihr nicht vernehmbar machen. Sie ist zu weit weg.«

»Aber kannst du nicht jemand herbeirufen, Georg, jemand, der ihr sagt, daß es unnötig ist?«

»Du verlangst Unmögliches, David. Was für Macht hätte ich über die Lebenden?«

Aber David Holm läßt sich nicht abschrecken, sondern wirft sich vor dem Fuhrknecht auf die Knie.

»Denk daran, Georg, daß du früher mein Freund gewesen bist, und laß dies hier nicht geschehen! Laß dies nicht über mich kommen! Laß die armen unschuldigen Geschöpfe nicht sterben!«

Er richtet den Blick auf Georg, um eine Antwort zu erhalten; aber dieser schüttelt nur verneinend den Kopf.

»Ich will alles für dich tun, Georg, was nur in meiner Macht steht. Ich weigerte mich, als du mir befahlst, nach dir Fuhrknecht zu werden; aber ich übernehme das Amt mit Freuden, wenn ich nur das hier nicht durchmachen muß. Alle beide sind noch so klein, und eben jetzt, als ich da vor ihnen stand, hab ich gewünscht, noch am Leben zu sein, um rechte Menschen aus ihnen zu machen. Und sie ist ja heute nacht von Sinnen. Sie weiß nicht, was sie tut. Habe Barmherzigkeit mit ihr, Georg!«

Da aber der Fuhrmann noch immer unbeweglich und unerweicht dasteht, wendet sich David etwas von ihm ab.

»Ich bin so allein, so allein, und weiß nicht, wohin ich mich wenden soll«, seufzt er. »Ich weiß nicht, ob ich zu Gott oder zu Christus beten soll. Wie ganz neu in die Welt gekommen bin ich. Wer, wer hat die Macht? Wer kann mir sagen, wohin ich mit meinem Gebet gehen soll?

O, ich armer, sündiger Mensch, ich bete zu dem, der Herr über Leben und Tod ist! Wer bin ich, daß ich mich unterfange, vor dich zu treten? Gegen alle deine Gebote und Vorschriften hab ich mich vergangen. Mich verdamme in die äußerste Finsternis! Vernichte mich ganz! Tu mit mir, was du willst, wenn nur diese drei verschont werden!«

Er schweigt und lauscht auf eine Antwort. Aber er vernimmt nichts; nur seine Frau redet vor sich hin.

»Jetzt ist es zerschmolzen und hat aufgekocht, nun muß ich es nur noch etwas abkühlen lassen.«

Da beugt sich Georg zu David Holm nieder. Seine Kapuze ist zurückgeschlagen und sein Gesicht wird von einem Lächeln erhellt.

»David«, sagt er, »wenn es dir wirklich Ernst ist, dann gibt es vielleicht doch noch einen Ausweg, sie zu retten. Du selbst, David, mußt deine Frau wissen lassen, daß sie keine Angst mehr vor dir zu haben braucht.«

»Aber ich kann mich ihr ja nicht vernehmbar machen. Oder kann ich es, Georg?«

»Nein, nicht in deiner jetzigen Gestalt. Du mußt zu dem David Holm zurückkehren, der drüben in den Kirchenanlagen liegt. Vermagst du das?«

David Holm erschrickt, und ein Schauder erfaßt ihn. Das menschliche Leben steht jetzt vor ihm als etwas ihn Erdrückendes, etwas Ertötendes Wird nicht dies frische Wachstum der Seele ersticken, wenn er wieder ein Mensch wird? Sein ganzes Glück erwartet ihn in einer anderen Welt Aber er zögert keinen Augenblick.

»Wenn ich kann, wenn ich frei bin - - - Ich glaubte, ich müßte- - -«

»Ja, du hast recht«, versetzt Georg, und sein Antlitz strahlt immer schöner. »Dieses Jahr hindurch mußt du der Fuhrknecht des Todes sein, wenn nicht ein anderer für dich eintritt und das Amt für dich verwaltet.«

»Ein anderer?« wiederholt David Holm fragend. »Wer würde sich für einen solchen armen Kerl, wie ich einer bin, aufopfern wollen?«

»David«, sagt Georg. »Du weißt, es gibt einen, der nie aufgehört hat, darüber zu trauern, daß er dich verleitet hat, vom guten Wege abzuweichen. Dieser Mann wird vielleicht vor lauter Freude, daß er nicht mehr über dich trauern muß, deine Arbeit übernehmen.«

Und ohne David Holm Zeit zu lassen, sich so recht klar zu machen, was der andere meint, beugt sich Georg tief zu ihm herab und sieht ihm mit herrlich strahlenden Augen ins Gesicht.

»Alter Freund, David Holm, mach es, so gut du kannst! Ich bleibe hier, bis du zurückkommst. Du hast nicht mehr viel Zeit.«

»Aber du, Georg - - -«

Doch der Fuhrmann unterbricht ihn mit der gebieterischen Handbewegung, der sich David Holm zu unterwerfen gelernt hat. In demselben

Augenblick richtet sich Georg auf, zieht die Kapuze über die Stirn herein und sagt mit lauter, eherner Stimme:

»Du Gefangener, tritt wieder ein in dein Gefängnis.«

12.

David Holm richtete sich auf den Ellbogen auf und sah sich um. Alle Laternen waren gelöscht; aber das Wetter hatte sich aufgehellt, und ein klarer Halbmond stand hell leuchtend am Himmel. David Holm wurde es nicht schwer, sich zu vergewissern, daß er noch in der Kirchenanlage auf dem von dem schwarzen Geäste der Linden überschatteten, verdorrten Rasenplatz lag.

Ohne sich einen Augenblick zu bedenken, versuchte er sich aufzurichten. Er fühlte sich zwar außerordentlich matt; sein Körper war von der Kälte ganz erstarrt, und der Kopf schwindelte ihm, aber es gelang ihm doch, auf die Beine zu kommen. Er machte einige schwankende Schritte die Allee entlang, mußte aber gleich wieder anhalten und sich gegen einen Baum lehnen, weil er am Umsinken war.

›Ich vermag es nicht‹, dachte er. ›Es ist ganz unmöglich für mich, noch zu rechter Zeit hinzukommen.‹

Nicht einen einzigen Augenblick hatte er das Gefühl, als sei das, was er eben durchgemacht hatte, nicht volle Wirklichkeit. Er hatte einen vollkommen klaren Eindruck von den Ereignissen der Nacht.

›Der Fuhrmann steht in meiner Wohnung, ich muß mich beeilen‹, dachte er.

Er verließ den stützenden Baum und machte wieder ein paar Schritte; er war jedoch so jammervoll schwach, daß er in die Knie sank.

Da, in seiner grenzenlosen Verlassenheit berührte etwas seine Stirne. Er wußte nicht, war es eine Hand oder ein Lippenpaar, oder vielleicht nur der Zipfel eines schleierartigen Gewandes, aber es genügte, sein ganzes Wesen mit seliger Freude zu durchrieseln.

»Sie ist zu mir zurückgekehrt!« jubelte er. »Sie ist mir wieder nahe. Sie beschützt mich!«

Hingerissen streckt er die Arme empor, vor Entzücken, daß die Liebe der Geliebten ihn umgab, vor Entzücken, daß die Liebe zu der Geliebten sein Herz mit ihrer Holdseligkeit auch jetzt noch, wo er wieder ins Irdische zurückgekehrt war, erfüllte.

Jetzt ertönte hinter ihm ein Schritt durch die stille Nacht. Eine kleine Gestalt, den Kopf von einem der großen Hüte der Heilsarmee verborgen, kam dahergeschritten.

»Schwester Maria«, sagte er, als sie an ihm vorbeigehen wollte. »Schwester Maria, helfen Sie mir!«

Die Rettungsschwester mußte David Holms Stimme erkannt haben, denn ihr Gesicht umdüsterte sich, und sie ging weiter, ohne sich um ihn zu kümmern.

»Schwester Maria, ich bin nicht betrunken, sondern krank. Helfen Sie mir, daß ich nach Hause kommen kann!«

Sie glaubte ihm wohl kaum, aber ohne ein Wort der Erwiderung trat sie zu ihm, half ihm vom Boden auf und stützte ihn beim Weitergehen.

Nun war er also doch noch einmal auf dem Weg nach Hause. Aber wie langsam es ging! Daheim konnte ja jetzt schon alles vorbei sein. Keuchend blieb er stehen.

»Schwester Maria, es wäre eine außerordentlich große Hilfe, wenn Sie vorausgehen würden und meiner Frau sagten - - -«

»Soll ich vorausgehen und ihr sagen, daß Sie wie gewöhnlich betrunken nach Hause kommen? Das ist ihr wohl nichts Ungewöhnliches.«

David Holm preßte die Lippen zusammen und ging schweigend weiter, indem er sich aufs äußerste anstrengte, rascher vorwärts zu kommen; aber sein von der Kälte erstarrter Körper wollte ihm nicht gehorchen.

Schon nach einer kleinen Weile machte er einen neuen Versuch, sie zum Vorausgehen zu überreden.

»Während ich dort auf dem Rasen lag, hatte ich einen Traum«, sagte er. »Ich habe Schwester Edith sterben sehen. Ich habe Schwester Edith auf ihrem Sterbebette gesehen - - - Und ich habe auch die Meinigen daheim gesehen. Meine Frau ist heute nacht nicht bei Sinnen. Ich sage Ihnen, Schwester Maria, wenn Sie nicht vorauseilen, geschieht ein Unglück.«

Seine Worte kamen nur schwach und abgerissen über seine Lippen. Die Rettungsschwester erwiderte nichts. Sie war noch immer der Ansicht, es mit einem Betrunkenen zu tun zu haben.

Aber sie half ihm treulich weiter. Er merkte wohl, welche Überwindung es sie kostete, dem zu helfen, den sie für das Werkzeug hielt, das Schwester Ediths Tod verursacht hatte.

Während David Holm weiter schwankte, wurde er von einer neuen Angst ergriffen. Wie sollte er es anstellen, daß seine Frau, die sich vor ihm fürchtete, ihm glaubte, wenn nicht einmal Schwester Maria –

Endlich standen sie vor dem Hoftor, wo er wohnte, und die Rettungsschwester half ihm beim Öffnen.

»Nun können Sie vollends allein gehen, Holm«, sagte sie, indem sie sich zum Gehen wendete.

»Ach, es wäre sehr gut von Ihnen, Schwester Maria, wenn Sie meine Frau rufen würden, damit sie herunterkommt und mir hinauf hilft.«

Die Schwester zuckte die Schultern. »Wissen Sie, Holm, in einer anderen Nacht würde ich Sie vielleicht hinaufgeleitet haben, aber heute habe ich keine Lust dazu. Nun muß es genug sein.«

Ihre Stimme erstarb in einem Schluchzen, und sie eilte davon.

Als er sich die steile Treppe hinaufmühte, war ihm zumute, als sei es nun jedenfalls zu spät; und außerdem, wie könnte er seine Frau dazu bringen, ihm zu glauben?

Während er vor Schwäche und Mutlosigkeit fast auf der Treppe umsank, fühlte er aufs neue die leichte liebkosende Berührung an der Stirne.

›Sie ist mir nahe‹, dachte er. ›Sie wacht über mich!‹

Und er fand die Kraft, sich bis zur obersten Stufe hinaufzuschleppen.

Als er die Tür öffnete, stand seine Frau dicht davor, wie wenn sie herbeigeeilt wäre, um sie zuzuriegeln, damit er nicht hereinkommen könnte. Als sie sah, daß sie es nicht mehr hatte verhindern können, zog sie sich nach dem Herd zurück und blieb, diesem den Rücken zugewendet, davor stehen, ganz als hätte sie dort etwas, was sie verbergen und wegtun möchte. Ihr Gesicht hatte noch immer den starren Ausdruck wie vorher, und David Holm sagte sich rasch: »Sie hat es nicht getan. Ich bin noch zu rechter Zeit gekommen.«

Mit einem raschen Blick auf die Kinder versicherte er sich, daß es tatsächlich so war.

»Sie schlafen noch. Sie hat es nicht getan. Ich bin noch zu rechter Zeit gekommen«, sagte er noch einmal zu sich selbst.

Er streckte die Hand nach der Seite aus, wo Georg vor seinem Fortgehen gestanden hatte, und da vermeinte er zu fühlen, daß eine andere Hand die seinige faßte und drückte.

»Ich danke dir«, sagte er leise, aber seine Stimme zitterte, und ein Nebel legte sich ihm plötzlich vor die Augen.

Er schwankte ins Zimmer hinein und sank auf einen Stuhl. Er sah, daß seine Frau alle seine Bewegungen beobachtete, wie sie es getan haben würde, wenn ein wildes Tier in die Stube hereingekommen wäre.

›Sie meint, ich sei betrunken, auch sie meint es‹, dachte er.

Aufs neue überfiel ihn große Mutlosigkeit, weil er so grenzenlos müde war und nicht ausruhen durfte. Im nächsten Zimmer stand allerdings ein Bett, und er sehnte sich unaussprechlich, sich dort ausstrecken zu dürfen und sich nicht noch länger aufrecht halten zu müssen; aber er wagte es nicht, dort hineinzugehen. Sobald er den Rücken kehrte, würde seine Frau das tun, was sie im Sinn hatte; er mußte also hier bleiben und sie bewachen.

»Schwester Edith ist tot, und ich bin noch bei ihr gewesen«, versuchte er zu sagen. »Ich hab' ihr versprochen, gut gegen dich und die Kinder zu sein. Morgen darfst du sie ins Asyl schicken.«

»Warum lügst du?« fragte seine Frau. »Gustavsson ist hier gewesen und hat Hauptmännin Andersson mitgeteilt, daß Schwester Edith gestorben ist, und sie sagte, du seiest nicht mehr gekommen.«

David sank auf dem Stuhl zusammen, und zu seiner eigenen großen Verwunderung fing er an zu weinen. Die Erkenntnis der Nutzlosigkeit seiner Rückkehr in diese Welt der langsamen Gedanken und der kurzsichtigen Augen drückte ihn nieder. Die lähmende Überzeugung, daß er nie über die Mauern hinauskommen könnte, die seine eigenen Taten um ihn aufgerichtet hatten, die Sehnsucht, die grenzenlose Sehnsucht, nun sogleich mit der Seele vereint zu werden, die ihn umschwebte und doch unerreichbar für ihn war, das, das brachte seine Tränen zum Fließen.

Während er so noch heftig weinte und schluchzte, hörte er die Stimme seiner Frau.

»Er weint?« sagte sie im Tone allerhöchster Verwunderung vor sich hin. Und nach einer Weile sagte sie noch einmal: »Er weint!«

Sie trat vom Herd weg und kam mit einer gewissen Angst näher zu ihm heran.

»Weinst du, David?« fragte sie.

Er hob das tränenüberströmte Gesicht zu ihr auf.

»Ich will mich bessern«, sagte er mit zusammengebissenen Zähnen, so daß man fast hätte meinen können, er sei zornig. »Ich will ein guter Mensch werden, aber niemand will es mir glauben. Soll ich da nicht weinen?«

»Ach, David, das ist sehr schwer zu glauben«, versetzt sie, noch unschlüssig. »Aber jetzt, wo du weinst, glaube ich dir. Jetzt glaube ich dir.«

Und wie um ihm einen Beweis zu geben, daß sie ihm glaube, setzte sie sich auf den Boden und lehnte ihren Kopf an seine Knie.

So saß sie einen Augenblick ganz still da; aber bald begann auch sie zu schluchzen.

Er fuhr zusammen.

»Weinst du jetzt auch?« fragte er.

»Ich kann nicht anders. Ich kann nicht glücklich werden, ehe ich das ganze Leid, das mich erfüllt, weggeweint habe.«

In diesem Augenblick fühlte David Holm jene Berührung noch einmal wie einen leichten frischen Hauch, der über seine Stirne strich. Seine Tränen versiegten und verwandelten sich in ein nach innen gerichtetes, geheimnisvolles Lächeln.

Er hatte das erste vollendet, das ihm durch die Ereignisse der Nacht vorgeschrieben worden war. Nun mußte er noch dem Jungen helfen, den sein Bruder so lieb gehabt hatte. Nun mußte er noch solchen Menschen, wie Schwester Maria, beweisen, daß Schwester Edith nicht unrecht gehabt hatte, als sie ihm ihre Liebe geschenkt. Nun mußte er noch sein eigenes Heim aus dem Verfall wieder heraufbringen. Nun mußte er noch den Menschen den Gruß des Fuhrmanns überbringen. Dann, wenn dies alles getan war, dann, dann durfte er zu der Geliebten, der Ersehnten gehen!

Er saß da und fühlte sich unaussprechlich alt. Er war geduldig und ergeben geworden, so wie die Alten es zu sein pflegen. Er wagte es nicht mehr, etwas zu hoffen oder zu wünschen, er faltete nur seine Hände und flüsterte den Neujahrswunsch des Fuhrmanns:

»Gott, großer Gott, laß meine Seele zur Reife kommen, ehe sie geerntet wird.«